LA CAMORRA

MARCO MONNIER

La Camorra potrebbe esser definita l'estorsione organizzata: essa è una società segreta popolare, cui è fine il male. È utile studiarla da vicino, non solo per osservare i costumi ancora poco conosciuti e offrire qualche singolarità di più alla curiosità del pubblico, ma sopratutto per mostrar i veri ostacoli che l'Italia incontra a Napoli. I pubblicisti stranieri, quelli in specie, che a profitto di certe teorie e forse di certe ambizioni hanno avversato l'unità italiana, attribuiscono questi ostacoli a non so quale opposizione sentimentale e politica. Scrivono tutti i giorni che l'Italia occupa il Napoletano senza possederlo, imponendosi alle popolazioni che la respingono e bramano esser da lei avulse. Di qui concludono che bisogna conservare al Papa il suo poter temporale.

Per rispondere a questi strani errori, basta porre nettamente la questione. Per Italia io non intendo la tal dinastia, il tale stemma, la tale provincia del settentrione, cui si è annessa la penisola intiera. Intendo il gran principio, la grande associazione nazionale, che, dopo quattordici secoli di conati infruttuosi, comincia a trionfare nei giorni difficili in mezzo ai quali viviamo. Le grandi questioni sono come i capolavori della statuaria: se si vuole comprenderle e apprezzarle sanamente nella loro splendida realtà, bisogna porle sul loro piedistallo.

Tale è l'Italia. Ora qual è il nemico che la minaccia nelle provincie meridionali? È forse il partito murattista? – ma egli si compone di un sol uomo – È forse il partito autonomista? ma niuno ignora che la parola autonomia è una maschera a tre faccie, sotto la quale tessono intrighi i malcontenti, i vinti, i disillusi. – È forse il partito federalista? ma esso non esiste che in Francia, o meglio nella France, dove si fabbrica ogni mattina una nuova combinazione per conservare il regno di questo mondo a Pio IX.

È forse il partito borbonico? sì e no. No, quando i borbonici sono onesti, vale a dire antichi servitori, fedeli alla causa de' vinti, al re caduto, i quali si contentano di protestar col silenzio e colle lacrime contro l'usurpazione, così la chiamano, della nuova dinastia. Sì, quando non si contentano di protestare, ma vogliono combattere, e, conoscendo la debolezza e impotenza propria, suppliscono alle forze di cui difettano sollevando ed assoldando tutti i malfattori di queste contrade.

Non sono dunque i partigiani di Murat, dell'autonomia, della federazione e de' Borboni che minacciano l'Italia meridionale, sibbene i malfattori che la reazione eccita ed assolda. La guerra non è politica, ma sociale. L'Italia non difende soltanto il suo diritto e la sua proprietà, le sue idee e i suoi interessi; difende la società che è causa a tutti comune, e la difende contro tutte le bugiarde voci d'anarchia e di dissoluzione, che i pubblicisti stranieri a torto considerano come l'opinione nazionale.

No, mille volte no; mi piace dichiararlo, dando principio a questo libro; non è l'opinione nazionale che resiste; non è l'opposizione popolare che si nasconde ne' boschi per derubare i passeggieri e dar l'assalto alle Diligenze: non è l'opinione pubblica che ieri (1 ottobre 1862) armava a Palermo una brigata di pugnalatori, e la gettava all'improvviso assetata di sangue sulla popolazione. No, mille volte no; non può credersi che la civiltà sia rappresentata dal Piemonte, la barbarie dall'exreame delle due Sicilie. Non bisogna prendere le quisquilie di campanile fra Napoli e Torino per causa e nemmeno per occasione di questi attentati feroci. Ma è d'uopo persuadersi che v'hanno due elementi l'uno di fronte all'altro: da un lato l'Italia, dall'altro il disordine; è d'uopo persuadersi che per l'Italia parteggiano non solo quanti hanno una fede, un principio da tutelare, ma anche tutti coloro che hanno una famiglia, una zolla di terra da conservare.

Parmi aver giustificato questa mia asserzione in una precedente operetta, nella quale presi a discorrere del brigantaggio delle nostre campagne. Ad avvalorare le mie asserzioni varrà questo secondo scritto, che oggi do in luce, in cui dirò del brigantaggio delle città, dappoichè la camorra null'altro è, giudicandola con rigore, se non un brigantaggio. E forse, oso almeno sperarlo, con questi miei studii, non riuscirò inutile a Napoli richiamando sopra le sue sventure l'attenzione dell'Italia, e neppure all'Italia suscitando le simpatie dell'Europa in favor del cómpito che le spetta.

Mi si farà rimprovero di insistere troppo spesso sulle miserie di questo paese, anzi che imitare gli affettuosi medici del Varignano, che per rassicurare il paziente, i suoi amici, e sè stessi, dichiararono da prima che la palla non era nella ferita. Gentile errore, che poteva compromettere i giorni del benemerito cittadino! La vera filantropia deve aver maggior coraggio. Dichiariamo risolutamente che la palla è nella ferita, e che è mestieri estrarla. In politica come in chirurgia non è l'illusione che salva, ma la verità.

ORGANAMENTO DELLA CAMORRA.

Primi cenni sulla setta – Il birichino di Napoli – Il garzone di mala vita – Il picciotto di sgarro – La prova del coltello – La moneta di cinque soldi – Come si addivenisse camorristi – La cerimonia del ricevimento – Costituzione della setta – I capi, le sedute, i giudizi – Il barattolo – Il contarulo, il capo carusiello, il segretario – Linguaggio della setta – Rapporti dei camorristi fra loro.

Lo straniero, e anche l' Italiano, che or fa poco tempo sbarcava a Napoli, spesso era meravigliato, mentre toccava terra, vedendo un uomo robusto accostarsi al suo barcaiuolo, e ricevere da lui, segretamente, un soldo o due. Se il viaggiatore prendeva vaghezza di chiedere chi fosse quell'esattore meglio vestito degli altri plebei, spesso coperto di anelli e di gioielli, che si faceva innanzi come padrone, e divideva, senza proferir verbo, il prezzo del passaggio coll'umile barcaiuolo, udiva rispondersi: è il camorrista.

Lo straniero giungendo alla locanda, preceduto da un facchino, che aveva portato i bagagli di lui, scuopriva ordinariamente un secondo esattore del pari misterioso e taciturno, che dal facchino riceveva alcuni soldi. E se i facchini erano due, entrambi deponevano una moneta di rame nelle mani dell'imperioso incognito. E se lo straniero, dopo aver osservato questa seconda contribuzione, si ostinava a chiedere qual fosse il nuovo percettore, gli veniva risposto del pari: è il camorrista.

Il viaggiatore lasciava la locanda e saliva in una carrozza di piazza. Appena avea toccato il montatoio, un terzo individuo sorgeva dinanzi al cocchiere, e questi con deferenza gli poneva un soldo in mano. Anche questo è il camorrista? chiedeva il viaggiatore, sempre più meravigliato di vedere continuamente alle sue calcagna individui, che non gli rendevano alcun servigio e tuttavia ricevevano ovunque parte del denaro che dovea sborsare. – E il cocchiere rispondeva malinconicamente: è il camorrista.

E se lo straniero non era uno di que' viaggiatori volgari, che credono conoscere Napoli quando hanno veduto il Museo, il Vesuvio e Pompei; se, prendendo cura degli uomini, studiava di cogliere il popolo nella sua vita quotidiana; ad ogni passo, ne' quartieri poveri, alle stazioni delle strade ferrate, alle porte della città, sui mercati, nelle taverne incontrava il bravo implacabile, che, l'occhio fiero, la testa alta, con pantaloni larghi, si intrometteva negli affari e ne' piaceri dei poveri, in ispecie ne' piaceri viziosi e negli affari equivoci, e a vicenda agente di cambio, mezzano, intermediario, ispettore di polizia secondo i casi, faceva presso a poco l'ufficio di quelle grandi potenze, che si mischiano negli affari che non le riguardano.

Allora egli chiedeva ciò che fossero i camorristi ; e gli veniva replicato esser i membri di una setta chiamata Camorra: ma se desiderava conoscere qual fosse codesta setta, non otteneva che notizie confuse, contraddittorie, idee generali e ragguagli complicati, e tornava in patria colla sconfortante opinione, che i Napoletani stessi non sapessero ciò che avveniva a Napoli.

Ciò che sia la camorra, ciò che ella fosse almeno non è molto tempo, io dirò in due parole: era un'associazione di uomini del popolo, corrotte e violenti, che ponevano a contributo coll'intimidazione i viziosi e i vigliacchi.

Insisto in primo luogo su queste parole, un'associazione di uomini del popolo. I Napoletani, stendendo oltre misura le ramificazioni della setta e il significato del nome che le danno, chiamano camorra ogni abuso di influenza o di potere, e affermano che questa lebbra esiste in tutte le classi della società. Dal che consegue che alcuni scaltri male informati hanno distinto l'alta e la bassa camorra, quella in guanti bianchi e quella delle strade. Ma, a malgrado di lunghe e minuziose ricerche, mi è stato impossibile scuoprire la menoma traccia di associazione negli abusi onde sono accusate le classi superiori: i quali, del resto, non si distinguono dai misfatti di simil genere perpetrati negli altri paesi. Si dà nome di camorrista ad un uomo di importanza che vende per una botte di vino un favore; all'ufficiale superiore il quale si fa pagare la protezione che accorda a coloro che desiderano le spallette; all'alto funzionario che minaccia di destituzione gli impiegati scrupolosi cui fanno difetto la pieghevolezza dell'animo e le compiacenterie; al cavaliere d'industria che, abile nella scherma, vorrebbe esser rispettato come un cavaliere del Toson d'oro; al vescovo reazionario, che sotto pena di sospensione a divinis proibisce al modesto curato di riconoscere il Regno d'Italia; infine a tutti i grandi di questa terra che usano violenza ai deboli, col diritto del più forte. Ma io stimo che per imbattersi in tali camorristi non sia mestieri recarsi a Napoli.

All'incontro del popolo esiste una setta specialissima, tutta locale, fortemente organata, ramificata per tutto l'antico regno delle due Sicilie.

Dissi che questa setta poneva a contributo i viziosi ed i vigliacchi; essa infatti regna ove questi si riuniscono, e specialmente ne' luoghi ove una trista necessità li agglomera, cioè nelle prigioni.

Ma procediamo con ordine. Prima di esaminare le imprese della camorra, studiamoci di ricercare ciò che ella sia; innanzi di assumere a sindacato i suoi diversi uffici, e nelle prigioni e in piazza, indaghiamo qual sia il suo interno organamento.

I politici, che cercano oggi ingegnose soluzioni alla questione di Napoli, non si sono giammai chiesti in qual modo crescessero sotto i Borboni i figli del povero, in questo paese tanto malmenato e dalla stupidità e dall'ignoranza e dalla miseria, e dalla tirannia degli uomini, quanto beneficato da tutti i doni del Cielo. Quando il bambino staccavasi dal seno materno, e sovente anche prima, – dacchè i fanciulli qui vengono allattati fino al terzo anno – stendeva la mano ai passeggeri e si struggeva in lacrime, giurando per tutti i santi del paradiso esser egli orfano di nascita, e morente per fame. Mancavano scuole ed asili, ed il pane era a sì mite prezzo, che i genitori non si trovavano costretti ad insegnare ai figli la necessità del lavoro. Il piccolo vagabondo restava dunque mendicante, e addiveniva ladro di buon'ora. Rubava fazzoletti, col furto si assicurava ne' mercati il suo vitto, si impadroniva or qua or là di qualche piccola moneta di rame, e finiva un giorno o l'altro col risvegliarsi in prigione. Allora di due cose l'una: o avea coraggio, o ne difettava. Vigliacco, era sfruttato dalla camorra; coraggioso, aspirava a divenir camorrista.

Ma per giungervi era mestieri che ei superasse i vari gradi di iniziamento. Dapprima, garzone di mala vita, era tenuto al servizio de' più rigorosi e de' meno produttivi, semplice servo de' servi de' settari, in realtà assai più di quello che il Papa sia servo de' servi di Dio. Rimaneva in questo stato fino a che non avesse fornito prova di zelo e di ardire. Passando allora dal terzo grado al secondo, dalla candidatura al noviziato, diveniva picciotto di sgarro.

Picciotto è un diminutivo, che press'a poco risponde alla parola ragazzo: significa letteralmente piccolo, e denota una certa inferiorità di età, di condizione, e di merito. Nel linguaggio della plebe, ogni adolescente che esercita un mestiero subalterno è picciotto.

«I vurria esse nu picciotto,

Cu na lancella a ghi vennenno acqua.»

(vorrei esser picciotto, dice una canzone popolare. con una secchia per andar a vender l'acqua). – Quanto alla parola sgarro tutte le mie induzioni, tutte le mie ricerche non sono riuscite a stabilirne il significato. Si crede che sia un termine tolto da' dialetti delle provincie .

Alcuni scrittori hanno distinto tre gradi d'iniziamento nel noviziato. Secondo essi, il neofito cominciava dall'esser un semplice tamurro; accettato, prendeva il nome di picciotto o picciotto d'onore, e non diveniva picciotto di sgarro se non dopo aver prestato per un anno servigi confidenziali, assidui, pericolosi e penosi. Noto queste distinzioni per desiderio di completezza, ma non credo che sieno rigorosamente osservate. I settari non sapendo leggere non hanno leggi scritte, come dimostrerò in appresso: si tramandano a viva voce gli usi e i regolamenti loro, modificati a seconda dei tempi, de' luoghi, della volontà dei capi e delle decisioni delle adunanze. È dunque possibile che questi gradi esistessero nella prima legislazione; ma ho consultato camorristi conosciuti, i quali ignoravano perfino la parola tamurro, e mi assicuravano di esser divenuti subito picciotto di sgarro: ne ho fatte ad essi le mie sincere congratulazioni.

Il picciotto era già un uomo importante e faceva parte della setta; vi entrava appena era giunto a questo primo grado, il quale non si otteneva con facilità. In origine le condizioni per l'ammissione erano rigorose, e denotavano anche una specie di moralità nell'associazione; imperocchè è giusto notare che la camorra non era per lo innanzi spregiata fra il popolo, e non lo è neppure oggi. Si ha un bel dire che il male è sempre male, ma vi hanno ovunque abusi, che un certo grado d'incivilimento tollera, consacra e perfino onora fino a che non sieno attaccati, soppressi, infamati da una generazione nuova, che chiama delitto ciò che era considerato gloria ne' tempi d'oro trascorsi. Per tal guisa, a mò d'esempio, vedemmo i giovani cittadini dell'Elvezia, che si battevano al servizio de' re contro la causa de' popoli, considerati come eroi anche dalla loro repubblica, la quale, non paga di consacrare con trattati questi mercati d'uomini, innalzava anche de' monumenti ai figli da lei venduti: mentre oggi basta rammentare questi fatti per suscitare la riprovazione della pubblica coscienza.

La camorra era dunque rispettata e venerata nei tempi (ne siamo peranco usciti appieno?), nei quali non riconoscevasi altro diritto, tranne quello del più forte. E aggiungi che la camorra, fino ad un certo punto, rispettava sè stessa. Non ammetteva nel suo seno che uomini relativamente onesti, vale a dire vagabondi, fannulloni dotati di una certa fierezza. Fui assicurato che in passato – ma son lontani assai quei tempi – i ladri ne erano esclusi. Per farne parte, era mestieri appartenere ad una famiglia onorevole, vale a dire non aver moglie o sorelle, che si dessero pubblicamente alla prostituzione: inoltre occorreva fornire prove di moralità, cioè di non essere stato convinto di delitti contro natura. Per ultimo era necessario non appartenere in guisa alcuna alla polizia o alla marina militare: un'esclusione rigorosa colpiva tutti gli sbirri e perfino i gendarmi congedati.

Ora tutte queste condizioni, le prime almeno, non sono più richieste. Ma la condizione essenziale lo è con maggior rigore che per lo innanzi. Per divenire picciotto di sgarro l'aspirante ha da subire prova di devozione e di coraggio: ha da mostrare che sa conservare un segreto, e che non teme il coltello.

Noi entriamo pertanto ne' costumi della setta; essa ci apparirà con quella ferocia ributtante, che era propria dei costumi di altri secoli. L'aspirante al grado di picciotto si offriva per eseguire un decreto sanguinario della società, ossia per sfregiare nel viso, e occorrendo per uccider un uomo. Quando non eravi assassinio o sfregio ordinato, il candidato subiva la prova della tirata, consistente nel tirare di coltello contro un picciotto già ricevuto e designato dalla sorte. Ma non si trattava che di una tirata a musco, o, per spiegarmi più chiaramente, di un semplice duello assai mite, ove il coltello non doveva toccare che il braccio. Al primo sangue i duellanti si abbracciavano, e il candidato era ricevuto come novizio.

Fuvvi un tempo nel quale la prova era diversa. I camorristi facevano cerchio intorno ad una moneta da cinque soldi posta in terra, e tutti insieme con un segnale determinato si abbassavano per infilarla colla punta de' loro pugnali. Il candidato doveva gettarsi fra i coltelli e impadronirsi della moneta: talvolta ne usciva colla mano forata, ma diveniva picciotto di sgarro.

Il picciotto subiva un noviziato di due, tre e talvolta di sei e otto anni, durante i quali sopportava coraggiosamente gli oneri dell'associazione senza fruirne i benefici. Apparteneva per ordinario a un camorrista, che gli affidava tutti i suoi affari, e non gli accordava, di tanto in tanto, e per carità, che pochi soldi. Le imprese più faticose e più pericolose spettavano al picciotto: ed egli era sempre preferito quando si trattava di versar sangue. Accettava tuttavia, senza prorompere in lamenti, tutte le fatiche, le umiliazioni, i pericoli di questa schiavitù, perchè in cima al suo noviziato scorgeva sempre il grado supremo, cui aspirava fin dalla infanzia, la cui irresistibile seduzione lo avea trascinato al male. Di più, egli affrettava con ogni possa il momento di poter cambiare il suo titolo di picciotto con quello di camorrista, ed a tale effetto non solo non si ritraeva da qualsiasi fatica, ma correva egli stesso innanzi al pericolo. Quando era ordinato un colpo di pugnale, tutti i picciotti si offrivano per amministrarlo: poi, compiuta l'impresa, tutti dichiaravano di assumerne la responsabilità, e di lasciarsi cogliere dalla giustizia in luogo del colpevole. Per non svegliar gelosia, si traeva a sorte il nome di colui che avrebbe avuto l'onore di commetter un delitto e di colui che ambiva alla gloria di espiarlo. Il picciotto secondato dalla fortuna si guadagnava talvolta dieci anni, talvolta venti anni di ferri, ma diveniva camorrista.

Oso appena narrare queste orribili stranezze, alle quali non prestavo fede or fa qualche tempo: ma il tavolino ove scrivo è coperto di carte autentiche tolte dagli archivi della Polizia, le quali constatano centinaia di fatti simili. E questi picciotti (son costretto ora di compiere la storia) non erano malfattori volgari, scellerati uomini che commettessero il male per il male o per il danaro. No senza dubbio – ed ecco quello che più mi costa di dire – essi lo commettevano per un sentimento di onore. Questo so dai prigionieri di Stato, che hanno passato lunghi anni nelle prigioni, dai magistrati che li hanno interrogati, dagli avvocati che li hanno difesi, da essi medesimi infine: il titolo di camorrista era la loro più ardente o piuttosto la loro unica ambizione. E mi spingo più oltre, e dico che in questo depravamento erano incoraggiati da una inconcepile aberrazione della coscienza popolare. Affermo che in altri tempi in questo paese le masse spaventate si prostravano con ammirazione alla supremazia del coltello. Ma mi chiedo se anche in altri luoghi e in questi giorni stessi non avvenga altrettanto di fronte alla supremazia della sciabola.

Tuttavia una stoccata da dare o la galera da subire non erano che mezzi straordinari per salire al grado di camorrista. Il picciotto vi perveniva a poco a poco a forza di zelo e di sommissione durante i suoi anni di noviziato, guadagnando sempre più la confidenza de' capi, che lo iniziavano ogni giorno più ai segreti della setta. «Io sono contento di lui, l'ho meglio informato» dice un camorrista di un picciotto, in una delle lettere originali che mi sono state comunicate. – Poi un bel giorno chiedeva con una supplica diretta a uno de' capi il titolo di camorrista. Allora questi riuniva la società, e cominciava un lungo dibattimento intorno alla moralità e alla capacità del nuovo candidato. In caso di ammissione il ricevimento facevasi con grande solennità.

Si narra eziandio come ne' tempi scorsi vi si unisse una specie di fantasmagoria pseudomassonica. – I settari si assidevano intorno ad una tavola sulla quale erano posti un pugnale, una pistola carica, un bicchier d'acqua o di vino fittiziamente avvelenato e una lancetta. Si introduceva il picciotto seguito da un barbiere qualunque, appartenente alla setta. Il barbiere, il quale nel tempo stesso, come tutti i suoi confratelli di Napoli, cava sangue, apriva una vena al candidato, indi si ritirava immediatamente. Da questo momento il paziente prendeva il titolo di tamurro, bagnava una mano nel proprio sangue stendendola verso i camorristi, giurava di conservare fino alla morte i segreti della società, di esser sempre pronto a seguirne gli ordini con sommissione fedele.

Poi prendeva il pugnale e lo infiggeva sulla tavola: armava con vivacità la pistola e avvicinava il bicchiere alla sua bocca; mostrando così di esser pronto, ad un segnale del capo, a suicidarsi. Ma il capo stendeva la mano per impedire il suicidio e abbandonando il suo posto, dopo aver ordinato al tamurro di posar il bicchiere e la pistola, facevalo inginocchiare dinanzi al pugnale. Allora poneva la sua mano diritta sulla testa del candidato e colla sinistra scaricava in aria la pistola. Poi, cambiando mano, poneva la sinistra sulla testa del tamurro e colla destra gettava in terra e faceva in pezzi il bicchiere, che dovea contenere una bevanda avvelenata. Prese queste precauzioni, toglieva il pugnale dalla tavola e avendolo riposto nella sua guaina, ne faceva omaggio al nuovo compagno, che dopo essere stato abbracciato da lui si alzava e riceveva l'amplesso dagli altri che gli facevano corona. Il tamurro così addiveniva camorrista e partecipava a tutti i privilegi, a tutti i benefizi della società, la sua nomina era resa nota alle diverse sezioni, e il capo diceva a tutti presentandolo – Riconoscete l'uomo!

Tale era forse il cerimoniale di rigore in una certa epoca e in certe logge. Ma un detenuto politico, nel quale ho piena fede e che ha assistito personalmente in una prigione al ricevimento di un camorrista, non ha veduto nè pistola, nè veleno, nè salasso, nulla insomma dello spettacolo teatrale da me riferito. La società riunita avendo votato l'ammissione del candidato, il capo l'avea presentato a tutti i membri, e, fornite le prove di capacità, gli avea detto: «Fin da oggi siete nostro compagno – voi parteciperete con noi ai benefizi della società: sapete voi quali sono i doveri del camorrista?» Il candidato avea risposto: – « Li conosco; debbo fare una tirata (ossia un duello al coltello, come già dicemmo) con uno dei miei compagni, giurare d'essere fedele ai miei soci, nemico delle autorità pubbliche, non avere alcun rapporto con individui addetti alla polizia, non denunziare i miei compagni ladri, anzi amarli più degli altri, poiché pongono la loro vita in pericolo.» Ciò detto il nuovo compagno avea prestato giuramento su due pugnali incrociati, si era battuto con un fratello tratto a sorte, avea abbracciato il capo e gli altri soci ed era stato proclamato camorrista .

Ordinariamente i ricevimenti erano seguiti da grandi banchetti, che aveano luogo in campagna o anche in prigione, secondo che il nuovo eletto era entrato in una sezione di compagni liberi, o in una di compagni detenuti. Nulla di più gaio di tali feste; il napoletano è per ordinario sobrio, ma intemperante fino alla ghiottornia nelle grandi gioie eccezionali. Dissi fino alla ghiottornia, mai però fino all'ebrezza: dopo questi formidabili pasti e queste omeriche libagioni i convitati se ne tornavano in città insieme, camminando dritti e sicuri, come una pattuglia di granatieri digiuni.

Fino a questo punto ho mostrato la via che conduceva alla camorra; entro ora nelle particolarità della setta. Difficile a studiarsi è il suo organamento in mezzo ad asserzioni contradittorie, che si affaticano a esagerarne l'importanza o a diminuirla. I romanzieri hanno sognato una associazione gigantesca che abbracciava tutta la società napoletana, e pesava come un potere occulto su tutti gli atti della vita pubblica e privata: tale è la camorra da essi descritta. A prestar loro fede, questo Stato clandestino era costituito sopra basi secolari, e si divideva in sezioni nettamente disegnate: avea la sua aristocrazia, la sua borghesia, la sua plebe, suddivise in paranze, ossia in piccole corporazioni, che si distinguevano fra esse per specialità di industria o di lavoro; e tutte queste corporazioni si riunivano sotto il comando di un capo unico, elettivo, che prendeva il titolo di generale. Secondo gli uni, il generale doveva esser scelto nell'Isola di Ponza fra i deportati più feroci; secondo altri, apparteneva alla aristocrazia napoletana; e un libellista non ha esitato ad attribuire il governo supremo della setta a un principe della casa borbonica. È inutile che io dica che non ammetto tali fantasie e tali calunnie.

Ho consultato in Napoli gli uomini più competenti in materia e che appartengono a vari partiti politici, e chiedo licenza di qui nominarli per citare la loro autorità e appoggiarmi ad essa: il signor Francesco Casella, avvocato, magistrato e ministro sotto la monarchia assoluta; il signor Liborio Romano, il quale, prefetto di polizia, poi ministro di Francesco II, si servì della camorra per ricostituire il servizio interrotto della sicurezza pubblica; il signor Silvio Spaventa, che, governando la polizia e l'interno dopo l'annessione di Napoli all'Italia, perseguitò la setta allora onnipotente con molta energia e fermezza; il signor Aveta, questore attuale, il quale ha riassunto quest'opera di repressione con maggior coraggio ed energia; il signor Cuciniello, uomo di intelligenza chiara e ragguardevole, che, come impiegato superiore nella stessa amministrazione sotto il governo dello Spaventa, compilò per il Gabinetto di Torino una memoria pregevolissima sopra i camorristi. – Or bene, posso assicurare cha nessuno di questi uomini eminenti, nelle mani dei quali sono passati a centinaia i bravi della plebaglia, ha potuto sospettare l'esistenza di un generale onnipossente, che dominasse sopra di essi.

All'incontro, coloro che per amor di campanile cercano di diminuire la importanza della setta e pretendono che questa sia una semplice banda di malfattori violenti, che opprimono gli altri in qualche galera tanto a Napoli come in Francia, sono uomini di buona fede che si illudono.

La camorra è sparsa in tutti i luoghi di detenzione dell'exreame delle due Sicilie. Essa si costituisce ovunque è riunito un certo numero di prigionieri: è organata in piccoli gruppi indipendenti gli uni dagli altri, ma non privi di relazioni fra loro. Non è riunita sotto gli ordini di un capo unico; ma soggetta però ad una certa gerarchia tradizionale, che subordina un centro ad un altro, le prigioni di Napoli, per esempio, a Castel Capuano, e Castel Capuano al Bagno di Procida. La capitale non ha autorità sulle provincie, lo che è tanto vero che avvennero rivalità strane e sanguinose (avrò agio di parlarne nuovamente) fra i compagni provinciali e i napoletani. Ma il camorrista ricevuto in una città è accolto nelle altre senza ostacoli, sopra la raccomandazione dei capi, che da un'estremità all'altra dell'exreame si consultano a tale effetto a vicenda. Ho avuto nelle mani una lettera di un capo di Napoli, la quale annunziava che la società di Chieti (capo luogo dell'Abruzzo Citeriore) gli aveva chiesto informazioni sopra un tal Liberato di Loreto che si era presentato come camorrista.

Ripeto per altro che la camorra non esisteva soltanto nelle prigioni; e che nelle grandi città almeno eranvi de' centri di camorristi liberi. Questi erano in corrispondenza co' detenuti, e senza il loro assenso non ammettevano nuovi membri, ma in ciò che si referiva ad interessi non aveano con essi alcuna soggezione. La piazza, si diceva, nulla avea da pretendere dalle prigioni, nè queste da quella. In Napoli v'erano dodici centri, uno per quartiere: ognuno di questi centri suddividevasi in paranze speciali, le quali agivano per loro conto e facevano combriccola e borsa a parte. Esamineremo in appresso i diversi mestieri di queste piccole società anonime. Constatiamo soltanto che ogni centro avea il suo capo, e che questi capi riconoscevano come loro superiore quegli che regnava nel quartiere della Vicaria. L'ultimo di tali gran maestri chiamavasi Aniello Ausiello, e avea dimora presso Porta

Capuana. Da qualche tempo è scomparso: il briareo della Questura ha steso le sue mille braccia; ma non sarà preso, a quanto mi diceva un compagno che ben lo conosce.

I capi di questi centri erano eletti da coloro che dovevano ad essi obbedire Erano certamente onnipotenti, ma non potevano prendere gravi provvedimenti, senza consultar i loro sottoposti. Ogni camorrista che non subisse pena avea voto consultivo e deliberativo. Nulla eravi di più grottesco di queste riunioni gravissime, ove plebei malfattori discutevano con imperturbabile correttezza sulle più piccole minuzie. Ma nulla eravi di più terribile, allorchè con la stessa calma e la stessa gravità prendevano a trattare questioni di vita e di morte!

Il capo era potente meglio per il suo volere personale che per l'importanza delle sue attribuzioni. I camorristi sceglievano per dirigerle l'uomo più imperioso e più coraggioso. Ma non lo sceglievano che per averne direzione. L'eletto non diventava che il presidente delle riunioni e il cassiere della comitiva: come presidente, aveva il diritto di convocarle; come cassiere, godeva di un potere considerevole, perchè egli stesso distribuiva la camorra. Camorra è il nome della società in generale, ma più particolarmente denota i fondi della cassa comune. Il prodotto delle estorsioni compiute chiamavasi anche barattolo.

Dirò in seguito (mi è impossibile dir tutto a un tratto) in che consistessero tali estorsioni: ora continuo ad intrattenermi sull'organamento interno della setta; e mi basta qui notare come tutto il danaro guadagnato era consegnato al capo; il quale si aggiungeva un contarulo (contabile) incaricato di tenere i registri e segnarvi esattamente la parte del barattolo, che spettava ad ognuno. Eravi anche talvolta sotto i suoi ordini un capo carusiello (capo della cassa), che conservava il danaro. Per ultimo v'era un segretario, scelto fra i rari compagni che avean frequentato le scuole. Questi dovea giurare sulla croce, o sopra pugnali incrociati, lo che equivaleva, di non rivelar a chicchessia, neppur a' fratelli, ciò che il capo illetterato gli avea fatto l'onor di dettargli. Per finirla con gli impiegati della camorra citeremo anche il capo stanze e il chiamatore, le attribuzioni de' quali vengono bastantemente indicate dal nome con cui sono designati.

La distribuzione del barattolo avea luogo le domeniche: la facea il capo, il quale di suo pieno diritto riteneva in questa occorrenza le ammende inflitte per infrazioni leggiere, e liquidava i piccoli affari privati dei suoi sottoposti. – Fatte tali prelevazioni, divideva fra essi colla massima esattezza il prodotto della camorra. Ma anzi tutto, egli avea prelevato per sè la parte del leone, come era di giustizia.

La camorra somiglia a tutte le sètte del mondo, in quanto ha usi particolari e linguaggio speciale, Così i capi hanno il titolo di Masto, Sì masto o capo Masto (signore, padrone, maestro, capo maestro); quest'ultimo titolo davasi a coloro che avevano maggiore notorietà. Quando un semplice compagno (questo nome appartiene di diritta a tutti gli affiliati) dirige nella via la parola a uno de' capi, gli dice col cappello alla mano Masto, volete niente? Quanto al semplice compagno, esso non ha diritto che al titolo di Sì, abbreviativo di Signore.

Nel linguaggio della setta, ubbidienza equivale ad ordine; freddare ad uccidere; dormente a morto. L'uomo derubato chiamasi agnello o soggetto; l'oggetto involato, morto, rufo o bruffo; il ricettatore, graffo; il coltello, martino, punta o misericordia; l'arme a fuoco, bocca, tofa o buonbas; il revolver tic tac, o bobotta; le pattuglie gatti, neri o sorci; il commissario di polizia capolasagna; l'ispettore tre lasagne (Ferdinando II chiamava suo figlio Francesco Don Ciccio lasagna). Il lasagnaro era il sergente di gendarmeria; l'asparago (sparagio) il semplice gendarme; il palo la spia; la serpentina la piastra;

chiantale il cambiar discorso. Il verbo accamuffare significava togliere altrui. Quando un picciotto prendeva sopra di sè il delitto di un camorrista, egli se lo accollava.

Fra i compagni ogni alterco dovea cessare dietro l'ordine di un terzo, che riferiva al capo il motivo della disputa: questi si interponeva arbitro; ma, se la decisione non appagava i contendenti, ricorrevano alla giustizia del coltello. In questo caso il duello era più serio della tirata di musco che serviva di prova ai picciotti. Si feriva nella cassa, ossia nel mezzo del petto.

Il camorrista poteva renunziar alla sua qualità, ma non abbandonare giammai completamente la setta; non era astretto ai doveri, alla disciplina di essa, non ne partecipava i profitti, ma conservava a malgrado di ciò alquanta influenza e considerazione. Avea il diritto di dar consigli e il potere di farsi ascoltare; la sua renunzia era considerata come un'abdicazione, non come una decadenza. La società rispettava sempre in lui l'antico compagno. I vecchi camorristi erano soccorsi; la vedova e i figli di quegli che era morto sotto le armi al servizio della setta riscuotevano esattamente una pensione; i malati erano assistiti, i morti vendicati.

Tutti questi usi e molti altri ancora, ne' quali procedendo in questo studio ci incontreremo, mostrano già i legami potenti che univano fra di loro i camorristi. Ma non havvi cosa che fornisca miglior idea del forte organamento della setta, quanto i diritti spaventevoli che si attribuiva sopra i suoi membri, e che niuna forza umana ha potuto strapparle. Essa aveva il suo codice, e rendeva giustizia da sè medesima.

Questo codice è stato mai scritto? Questione difficile a risolversi. Quanto a me, credo che no: e poi a qual fine? La maggior parte de' compagni non sapeva leggere. Alcuni scribacchiatori, avendo raccolto qua e là notizie e confessioni e avendovi aggiunto molto di loro creazione, hanno diviso quest'opera così riunita per articoli, e hanno in tal guisa fatto la legislazione della camorra.

Non seguirò il loro esempio. Preferisco credere, lo che è probabile, che si trasmettessero a viva voce alcune tradizioni fondamentali e abbandonassero le particolarità al senno dei capi e degli affiliati. I documenti che citerò in breve avvalorano questa opinione. Niuna decisione della società trovai sostenuta da qualsiasi legge scritta: il capo si riferisce a ciò che gli fu insegnato da chi lo iniziò.

Rispetto ai giudizi pronunziati dai camorristi contro i loro compagni, impossibile è negarli: erano splendidi e tremendi. Dietro l'ordine del capo la società si erigeva in tribunale e pronunziava sentenze di morte.

Entriamo frattanto nelle prigioni, scandagliamo ancor più questi costumi infami. Noi troveremo la setta all'opra, e vedremo qual fosse realmente questa formidabile associazione contro la civil società.

II

LA CAMORRA NELLE PRIGIONI.

Le prigioni della Vicaria – L'olio per la Madonna – I diritti dei camorristi – I poveri sfruttati – Il giuoco forzato – Il vino ed il tocco – Come un prete divenisse camorrista – Notizie sopra i coltelli – Il bastone del Calabrese – Utilità della camorra – Diego Zezza – Il Caprariello – Corrispondenze fra i camorristi – I capi Mormile e Zingone – Salvatore di Crescenzo, il grand' uomo – Codice penale della camorra – Il diritto di grazia.

Quando un delitto qualsiasi, un assassinio, a mo' d'esempio, ovvero opinioni liberali, conducevano un prevenuto nelle prigioni di Castel Capuano (o, come più comunemente si chiamavano, alla Vicarìa), dopo aver varcato la gran porta di questo palazzo, costruito dal re Guglielmo nel secolo XII, e dopo aver percorso la galleria che circonda la corte, esso giungeva per una grande scala ad una porta assai bassa, dalla quale un uomo di statura mediana non poteva passare senza togliersi il cappello. Questa porta, o meglio queste due porte (dacchè ve ne erano due simili), sormontate entrambe da affreschi religiosi rappresentanti una Madonna e l'Angiolo che liberò san Pietro, s'aprivano e si richiudevano sulle due prigioni, nelle quali erano confusamente raccolti i malfattori e gli amici del progresso: la prigione de' nobili, e quella del popolo

Parlo del passato, perchè descrivo questi tristi luoghi nello stato in cui si trovavano sotto il monarcato di Ferdinando II. Copio la mia descrizione da un quadro dipinto al naturale da una delle più costanti vittime de' Borboni, Alessandro Avitabile, drammaturgo fecondo e patriotta incorreggibile. Sotto il precedente regime egli veniva arrestato ad ogni istante, senza che gli se ne dicesse il perchè, e dopo qualche mese era posto in libertà, senza una parola di scusa: egli passava cosi metà della sua vita sul teatro, e l'altra metà in prigione. Oggi è impiegato superiore nella Questura di Napoli.

Quando il prevenuto, a seconda del suo stato, avea varcato o l'una o l'altra porta, giungeva in una piccola stanza, dove trovavansi i cancellieri e una specie di scriba, il quale registrava il nuovo arrivato e chiedevagli (frase invariabile) se contava prender il pane e la minestra del fisco. Dopo di che il carceriere in capo conduceva il prigioniero nella sala che gli veniva destinata.

Da quel momento esso cadeva nelle mani de' camorristi. Un bravo si avvicinava a lui colla mano stesa o meglio alzata, e cominciava dal chiedergli danaro per il lume della Madonna. È noto che a Napoli la immagine della Vergine non solamente è affissa su tutti i canti delle vie, ma anche nelle botteghe le più profane, nei caffè, nelle taverne e perfino ne' postriboli. Le prostitute, alla pari delle donne oneste, si addormentano la sera, sotto l'immagine della Madre di Dio, che esse, per devoto pudore, tengono velata durante le loro turpitudini. La Madonna può dunque a maggior ragione essere anche nelle prigioni venerata dai malfattori e dai camorristi incaricati di fornire l'olio della lampada, che deve stare accesa dinanzi a lei. A tale effetto, essi richiedono una contribuzione a tutti i detenuti, e guadagnano per tal modo di che illuminare la città intiera. È questo un costume immemorabile, del quale si ritrovano le traccie ad ogni passo, risalendo nella storia di Napoli, fino alla conquista spagnuola, e nella storia della Spagna fino al medioevo. L'olio per la Madonna fornì in ogni epoca pretesto ad ogni sorta di frodi, e alla più umile di tutte, cioè all'accattonaggio.

Ma, pagato l'olio, il detenuto non potea dirsi libero dai camorristi; nelle mani dei quali rimaneva fino a che non uscisse dalla prigione. Non poteva muovere un passo, senza avere alle calcagna un uomo fatale che gli facea sentire tutto il suo peso, che lo stancava con un'implacabile vigilanza. Lo sventurato non godeva neppure di quel po' di libertà, che lascia il peggior carcere: ogni atto il più indifferente di lui era non solo spiato, ma sottoposto rigorosamente a contributi; non eragli lecito mangiare, bere, fumare, giuocare senza la licenza del camorrista. Doveva un decimo sopra tutto il danaro che gli perveniva. Pagava per aver il diritto di comprare, pagava per aver il diritto di vendere. Pagava per ottenere sì il necessario come il superfluo, pagava per aver giustizia, come per ottener privilegi: pagava perfino quando, più povero e più nudo delle mura del suo carcere, era costretto a privarsi di tutto. Quelli che rifiutavano di sodisfare tali imposte correvano rischio d'essere uccisi a colpi di bastone. La maggior parte de' prigionieri si rassegnava a questa crudele schiavitù, e si lasciava togliere soldo per soldo tutto il danaro dall'infaticabile oppressione di uno di codesti tristi, il quale però lo proteggeva contro gli altri, e bisognando, si batteva per la sua vittima, dopo averla spogliata dell'ultimo suo cencio.

Volete ragguagli precisi sulle estorsioni de' camorristi di Castel Capuano? Ho potuto consultare in proposito molti antichi prigionieri politici, e fra gli altri il signor Michele Persico (già deputato) e il signor Fittipaldi (oggi ispettore delle Poste), i quali subirono questo singolare dispotismo e lo studiarono con seria attenzione. Essi mi hanno narrato che la camorra disponeva di tutto, cominciando dalle armi, delle quali tollerava o proibiva l'uso. Quando un prigioniero di un certo grado era condotto alla Vicaria, riceveva bene spesso non dai carcerieri, ma dai settari, di quelli assai più potenti, la licenza di portare un coltello a propria difesa. In tal guisa avvenne che all'arrivo alla Vicaria del signor Michele Persico e del barone Carlo Poerio, si presentò loro dinanzi un compagno di carcere (oggi onest'uomo), il quale, fatta una profonda riverenza, disse offrendo loro due stili: «Prendete, eccellenze, noi vi autorizziamo a portare queste armi.»

Ma, oltre alla tassa regolare che il camorrista imponeva ai prigionieri di buona condizione, assegnava ad essi i domestici destinati al loro servizio; ve ne erano di tre specie: i servi, i chiamatori e i quartiglieri: questa gente non era affiliata, ma soggetta alla setta, la quale dava loro l'impiego, e questa la sottoponeva poi a contributi.

Ma, e lo ripeterò più d'una volta, la camorra guadagnava più specialmente co' poveri. Aveva pe' ricchi un certo rispetto, o almeno esercitava minor influenza su di essi, non potendo costringerli alle sue voglie per mezzo di bisogni urgenti o di vizi ignobili; mentre i poveri erano i primi a richiedere, per tutti gli atti della loro vita, l'assistenza interessata de' compagni. Così molti detenuti vendevano a vil prezzo ad un camorrista, non solo le vesti che ricevevano due volte all'anno, ma anche metà della minestra e del pane quotidiano. Il camorrista rivendeva quelle vesti e quel vitto ai fornitori delle prigioni, che vi trovavano il loro tornaconto, e che rinviavano e gli uni e gli altri ai detenuti, senza il menomo scrupolo; circolo vizioso dove due sorta di speculatori si arricchivano a spese di alcuni sventurati, poco vestiti, peggio nutriti, strappati, affreddoliti, affamati…

Ma perchè questi sciagurati vendevano la minestra e gli abiti? Per fumare un sigaro, per bere un bicchier d'Asprino, più spesso per giuocare, unica distrazione possibile. Ora il tabacco, il vino, il giuoco, erano in poter della camorra. Così il danaro, che la setta avea pagato per togliere ai detenuti la lor veste nuova o il loro vitto, tornava fatalmente alla setta, la quale speculava sui piaceri dopo aver speculato sui bisogni. Nè basta: i camorristi costringevano i prigionieri a giuocare, offrendo loro imperiosamente un mazzo di carte: que' malaugurati erano obbligati a giuocare sotto pena di esser bastonati.

Una fra le ordinarie ricreazioni della prigione era la mora o come la chiamano a Napoli il tocco. Tutti gli Italiani e anco gli stranieri conoscono presso a poco questo divertimento popolare: due giuocatori alzano il pugno chiuso e lo lasciano cadere, aprendo un certo numero di dita (a loro capriccio) e gridando un numero qualsiasi. Il numero da essi annunziato deve corrispondere alla somma delle dita aperte da ambedue i giuocatori. Se questo calcolo di mero caso è giusto (se per esempio io grido cinque, aprendo tre dita, mentre il mio avversario ne apre due), si guadagna un punto. E poiché i pugni si alzano e ricadono insieme, e i due numeri sono annunziati nel tempo stesso, e ciò con lestezza e con cadenza, il giuoco diviene assai singolare per il nuovo capitato che non vi intende nulla.

Or bene. La mora o il tocco occupava giornalmente gli ozi della Vicaria. Vi si giuocavano delle bottiglie di vino, vendute dalla camorra, la quale avea il monopolio di questo commercio. Dopo averle pagato il vino, le si davano due soldi per ogni partita: dal che ne resultava che in brev'ora i giuocatori non aveano più un obolo. Allora rivendevano ai loro tiranni, per aver di che giuocare, il vino che aveano comprato; ma il danaro, che ne ritraevano, tornava ben presto in tasca dei camorristi, i quali, non contenti di aver ricevuto due volte il prezzo delle bottiglie, le bevevano invece alla barba dei giuocatori alterati e tre volte derubati.

Con queste piccole industrie, la camorra guadagnava molto danaro, che era da lei diviso col custode maggiore della Vicaria. Il signor Fittipaldi, che ha tenuto dietro a tali raggiri, mi ha assicurato che in questa sola prigione, e in una sola settimana, i proventi della setta ascesero a 280 ducati (circa 1200 lire italiane).

Siffatti esempi mostrano che i detenuti si lasciavano spogliare di buon animo. Ve ne furono per altro alcuni che scossero violentemente il giogo, e ebbero a lodarsene. Fra gli altri io ne conosco due, che, imprigionati sotto i Borboni per opinioni politiche, tennero un contegno sì fiero, la prima volta che la camorra tentò di porre le mani addosso ad essi, che fecero cadere ai loro piedi queste bestie feroci. Le tigri della vigilia divennero l'indomani miti come agnelli. A vederli sì pieni di sommissione e di umiltà si sarebbe creduto per un istante, che avessero presi i nuovi arrivati per loro capi. Non era però così: i camorristi s'inchinavano per i primi sotto la legge che essi stessi aveano imposta: alla pari delle loro vittime, essi piegavano al diritto del più forte.

Avvenne un giorno che un prete calabrese gettato in prigione per avventure galanti, fu avvicinato al suo ingresso da un camorrista; il prete non potè dargli un soldo per la lampada della Madonna, perchè non aveva danari. Il camorrista allora divenne cattivo e alzò il suo bastone. «Ah! (esclamò il prete, che era calabrese, e quindi uomo di coraggio) tu non saresti sì fiero, se io avessi un'arme sopra di me.» – «Non ve difficoltà;» rispose il compagno punto nell'onore. E corse subito nella sala vicina, dove chiese al suo capo due coltelli. Bisogna in proposito che io dica che in tutte le prigioni la società avea un deposito di armi, così bene nascosto, che i carcerieri e i sorveglianti non lo scoprivano giammai. Questo deposito era chiamato la pianta, ed era sempre sotto la custodia e a disposizione del capo . I compagni si dirigono a lui per aver coltelli, quando ne hanno bisogno, astenendosi di portarne indosso nella prigione per il timore di esser frugati e disarmati dai gendarmi.

Il camorrista tornò dunque con due coltelli simili, ne offrì uno al prete e si pose in guardia: ma ho detto che il prete era calabrese: fu quindi il più destro, e uccise l'avversario. Allora soltanto fu preso dalla paura, perchè si sentì doppiamente minacciato e dai rigori della giustizia e dagli odii della setta; si credè sotto il pericolo di due condanne di morte. Ma con sua grande meraviglia sfuggì, Dio sa come, all'uno e all'altro rischio. Non solo il potere occulto abbuiò l'affare, forse per non comprommettere la sua autorità, ma inoltre il prete, mentr'era per coricarsi, trovò sul letto una massa di soldi; era la sua parte del barattolo, che gli veniva distribuita come a un nuovo fratello: Egli la ricevè da quel giorno di settimana in settimana, durante tutta la sua prigionia.

Un fatto simile e recentissimo mi è stato narrato da un calabrese, ma questi era laico. Uscendo una sera da un'osteria, ove avea vinto al biliardo, fu aggredito da un uomo armato di un nodoso bastone, che gli chiese parte della sua vincita. «Con qual diritto?» chiese il calabrese. «Per la camorra» rispose l'altro. Il primo rifiutò nettamente, e perchè quegli alzava il bastone, il calabrese trasse uno stile. Il camorrista fuggì immediatamente.

Il giorno appresso, verso la medesima ora, uscendo dalla stessa osteria, il calabrese incontrò un altro uomo, che si avvicinò a lui col bastone non alzato ma steso, e gli disse: «Prendete, eccellenza.» – «Cosa vuoi tu che io prenda?» – «Questo stocco, che ho l' onore di offrirvi per il vostro bel contegno di ieri sera.»

Il calabrese ebbe un bel rifiutare il singolare dono; furono tante le insistenze dell'altro, che alla fine dovè contentarlo Da quell'epoca egli si vede salutare da plebei che non conosce, e che lo considerano come camorrista.

Ma tali esempi di ribellione sono ben rari, in specie nelle prigioni, dove è impossibile sfuggire all'oppressione della camorra. I detenuti subiscono tanto più umilmente questa tirannia, in quanto che spesso la invocano o la invocarono come una tutela. Alla Vicarìa, ove erano racchiusi confusamente tutti i prevenuti, innocenti o colpevoli, nell'isole, nei bagni, negli ergastoli ove i liberali vivevano uniti con gli assassini, siffatta tutela era necessaria agli onesti contro la brutalità de' loro compagni di pena. È anche probabile che in origine (e mi piace constatarlo per spiegare l'universale adesione, che ha per così lungo tempo mantenuto il prestigio della setta) la camorra fosse stabilita nell'interesse de' detenuti e per loro difesa. Certo è che anche sotto i Borboni la setta manteneva nelle carceri una specie di tranquillità e di sicurezza. Assumendosi il monopolio della violenza e del disordine, gli affiliati proibivano agli estranei d'imitare il loro esempio e di violare i diritti che si erano attribuiti. Estorcevano danaro, ma cuoprivano i ladri; avevano stili, ma confiscavano quelli altrui; pugnalavano all'occorrenza, ma impedivano gli assassinii. Così tutti coloro che tenevano alla propria borsa e alla propria vita si mettevano volentieri sotto il patronato della setta. Ogni detenuto avea il suo camorrista.

Inoltre l'autorità affidava ai compagni la cura di mantenere l'ordine. Ogni mattina, all'ora di alzarsi, questi andavano a trarre i detenuti dai letti che loro avevano affittati essi medesimi al prezzo di un carlino il giorno, o dai paglericci concessi loro dal Fisco, e li riunivano per la conta, ossia per l'appello ordinario. Facevano rispettare la disciplina con quell'autorità di che difettavano i custodi. Il signor Persico mi ha narrato che un giorno, in sua presenza, uno dei più feroci accrastatori della città di Napoli, imprigionato per avere assassinato prima, poi spogliato un capitano spagnuolo sulla pubblica via, si permise una impudente infrazione ai regolamenti di Castel Capuano. Fece venire la sua mina (druda) al parlatorio e si trattenne lungamente con essa. Abbiate prudenza, gli disse uno dei suoi amici, o custode ce talea coi rubini (il custode vi spia co' suoi occhi). Ma il bandito non tenendo conto dell'avvertimento, il custode venne in persona a ordinargli di lasciare quel luogo; al che il detenuto rispose con insulti e scherni. La scena minacciava di finir male; il custode non ardiva venire alle mani col terribile facinoroso, che avea ucciso un capitano spagnuolo. Come adoperò egli pertanto per togliersi dall'imbarazzo? Chiamò in suo aiuto Diego Zezza, il camorrista.

Questo Diego Zezza era uno de' più forti adepti della setta. Avea per arme un rasoio infisso nel manico, col quale ammenava gravi ferite. Giungeva dalla prigione di Aversa, ove aveva tagliato la testa ad un uomo con quell'arme formidabile. Si avvicinò dunque senza timore al feroce accrastinaro, e presolo per i capelli, sotto gli occhi della sua amante (terribile oltraggio) sbatacchiò la testa di lui a più riprese contro il cancello, poi lo gettò sopra un letto, dove costui non osò moversi. Ben si scorge come la camorra, in caso di bisogno, rendesse de' servigi.

Questo Diego Zezza ebbe una trista fine. Racchiuso in seguito a Montefusco, sollevò contro sè medesimo, per gli abusi della sua violenza, una vera cospirazione. Perì assassinato non dai suoi confratelli, ma dai suoi compagni di galera.

Tale istoria me ne fa ricordare un'altra, che avvenne nell'ergastolo di Santo Stefano. Un camorrista de' più pericolosi, soprannominato Caprariello, vi era racchiuso. Una congiura, fu ordita anche contro di lui: ad un segnale convenuto, tutti i forzati lo assalirono con gridi di rabbia: si difese lungamente, ne ferì nove, quattro de' quali morirono. Si battè come un leone, correndo da un piano all'altro e anche per le gallerie sovrapposte, che circondano la corte del Bagno. Confinato finalmente in un canto della galleria superiore, non potendo più fuggire, e non volendo rendersi, salì sul parapetto di un arco, dove si difese ancora per qualche tempo, poi si precipitò nella corte, ove si sfragellò per la caduta. Gli assalitori non ebbero in loro mano che un cadavere mutilato.

Ho parlato de' servigi resi dalla setta alle autorità delle prigioni. Rispetto a quelli che essi rendevano ai detenuti, basta che io rammemori la storia del soldato napoletano, reduce di Lombardia. Egli avea fatto, a malgrado degli ordini di Ferdinando, la campagna del 1848: imprigionato al suo ritorno, fu spogliato nel suo ingresso alla Vicarìa di una forte somma in oro che portava in dosso. La camorra si incaricò di ritrovare il ladro, e vi riuscì: anche la somma fu ritrovata.

E ora, se si vogliono cogliere in flagranti questi singolari malfattori ed entrare nel segreto de' loro affari intimi, basta percorrere una corrispondenza curiosissima che il signor Aveta, questore di Napoli, cortesemente mi comunicò. Sono una quarantina di lettere, sorprese recentemente in una prigione, sottoscritte tutte col nome di Antonio Mormino, o Mormile, capo dei camorristi detenuti al Carcere Nuovo (prigione costruita espressamente per essi, se non m'inganno, in un canto del Castel Capuano). Queste lettere sono indirizzate a Don Vincenzo Zingone, che comandava i settari trasportati all'ospizio di San Francesco per causa o pretesto di infermità. Nulla havvi di più strano dello stile e dell'ortografia di questa corrispondenza di frodi. Ogni lettera ha un carattere differente, il che prova che Mormino, il capo onnipotente che avea diritto di vita e di morte su i suoi sottoposti, non sapeva scrivere. In ogni prigione la società ha un segretario, che giura segretezza entrando in ufficio; se manca al giuramento, è pugnalato.

Tutte le lettere che ho sotto gli occhi cominciano con questa frase – Caro compagno e compagni tutti – e la formola finale è generalmente la seguente: Tutti i compagni con me salutano tutt'i compagni con voi. – Ogni lettera è divisa per articoli, ognuno de' quali comincia con la parola Dippiù, congiunzione che sembra indispensabile. Quando lo scrittore non ha più alcuna cosa da dire, conclude con questa frase sacramentale: E non altro.

Non parlo nè della lingua nè dello stile, che somigliano a quelli de' comuni forzati. Noto soltanto l'estrema cortesia di Mormino verso Zingone, che sembra fosse a lui superiore o di lui più anziano, perchè ogni prigione era indipendente dalle altre, e i capi trattavano fra loro da eguale a eguale. Ma certi brani mi fanno credere che Zingone fosse stato l'iniziatore del giovane capo, che gli indirizzava lettere così rispettose e lo salutava ossequiosamente (vi ossequio, gli diceva, i più distinti saluti).

Passiamo ora all'oggetto di queste corrispondenze. Vi si trattano gli affari interni della società; si parla di decisioni prese, di pene inflitte, di grazie accordate, di danaro da distribuirsi, della partenza, o dell'arrivo di un compagno, degli interessi comuni, e talvolta degli interessi privati de' camorristi. Mormino referisce esattamente al suo confratello tutto quanto avviene nella prigione, gli chiede consiglio o gli porge istruzioni, lo interroga o gli dà notizia sugli affiliati dubbi, gli trasmette le risoluzioni della società intorno ai detenuti che sono all'ospizio; gli invia danaro, o si scusa o di non inviargliene: «per spartere lo carusiello fa acqua la pipa» dice talvolta allegoricamente.

Queste lettere sono importanti finalmente a causa dei nomi che hanno rivelato alla polizia, tutti accompagnati di un soprannome pittoresco o faceto, testimoni Pasquale Legittimo detto Mozzone, Ferdinando Miele, detto chi t'è vivo? Giovanni Sigillo, detto Cannetella, Ricciardelli, detto Ciucciaro, Carmine Lonone detto Paparuolo, Carlo Delicher detto Svizzarotto (il che mostra che i figli dell'Elvezia a servizio del re di Napoli non sdegnavano di affiliarsi ai ladri), Niccola Furiano, detto Calabrese.

Nulla è più piacevole della imperturbabile gravità di Mormino, quando parla delle discussioni della setta. Invoca spesso le lezioni dei suoi predecessori, le tradizioni degli antenati. Non rende conto di una seduta della camorra senza far precedere il suo rapporto da questa frase liturgica «I miei doveri mi hanno chiamato a convocare la società per discluzionare quanto segue ec.»

Avanti di mostrare con qualche citazione la forma e il fondo di queste lettere debbo notare una cosa importante, cioè la esattezza e la regolarità di queste comunicazioni da una prigione all'altra, a malgrado di tutte le sorveglianze. Ho inteso dire che i custodi stessi servivano di messaggeri ai malfattori, ma credo piuttosto che individui estranei alla prigione, talvolta sconosciuti, si incaricassero di questo piccolo servizio di posta, testimone la raccomandazione scritta sull'esergo di molte lettere, «Date cinque soldi al latore.»

Ecco frattanto uno di questi manoscritti che copio testualmente, come modello di stile e di ortografia, sottolineo i nomi propri, e correggo fra parentesi le parole troppo strane.

«Caro Combangnio (Compagno)

«Dopo di avervi salutate con lunione (l'unione di tutti i compagni) vi rimette le vostre tangende, avvoi (a voi) e il combangnio Richezza dovete avere dieci carlini mene due grana – Ottaiano e il Monaciello li trasano (entrano) sei carlini e mezzo. – Bascolo sette carlini e mezzo – Per Simonetta la sua tangenda resta ibedita (impedita) – Tutta la summa ascende a quattro docati e uno grana. Dovete dare di mene (meno) al combangnio Richezza 27 grana da sopra alla sua tangenda perchè mi deve dare dui carlini e 7 grana a Branchale. La summa resta a rimettervi 37 carlini e quattro grana.

«Dippiù questa mana (mane) la Società si è benignate che tutti i camorristi che stavano in punizione labiamo (li abbiamo) alzate la mana (alzato la mano) e stanno in Società. Dippiù li camorristi che stavano alla sinistra che non passavano voti sono state messi al loro posto, come anche pratticate voi per Cazzarola che si rattrova allo Spitale. – Dippiù quando venne Salvatore decriscenza (de Crescenzo) cerchai grazia per li camorristi in punizione. Noi tutti solo giopovamo (ci opponemmo) per il Ciucciaro in ricuardo della lettera che mandai (mandò) a Pizzifalcone al combangnio Andolfo, che la detta lettera pregiudicava la Società. Noi abbiamo chiamate Andolfo per prendere condo (conto) di questa lettera e il detto Andolfo giasicurato (ci ha assicurato) che lui non aveva mai ricevute la lettera, giurando sul suo onore, e così questa mattina abbiamo parlate sul condo del Ciucciaro, non avendo trovate in chondravenzione, labbiamo alzate la mana (gli abbiamo alzata la mano) anche allui (a lui) cioè alla sinistra della Società. Non aldro. Mi dico per sembre e mi segna (segno)

il vostro combangnio

ANDONIO MORMINO.»

Ho riferito questa lettera per intero, perchè è piena d'insegnamenti: ma essa abbisogna di un lungo commento. Antonio Mormino comincia dall'inviare al suo confratello Zingone la parte di camorra, che spetta a lui ed ai suoi subordinati nell'ospizio di San Francesco. Così i malati ricevevano regolarmente la loro tangente. La distribuzione del danaro estorto era fatto loro ogni settimana, alla pari degli altri. Le parti erano ineguali e la somma dei debiti contratti dai camorristi era prelevata su quella che doveano ricevere. Questa retribuzione era il soggetto ordinario e principale della corrispondenza fra i capi della setta.

Un altro punto meritevole di nota in questa lettera è l'alzata di mani, vale a dire la grazia accordata ai camorristi in pena, dietro l'intercessione dei loro confratelli. Così coloro che stavano alla sinistra furono amnistiati: subivano la pena più mite, cioè la privazione dell'onore del voto, non de' loro diritti pecuniari. – Vi erano pene anche più dure, ma ne parleremo in appresso.

Tratteniamoci un momento sulle grazie. Esse si accordavano, come ho detto, dietro le preghiere di un camorrista influente, ordinariamente d'un compagno giunto di recente in prigione, di cui si festeggiava l'arrivo con indulgenze plenarie. Così al giungere di Niccola Avitabile nel carcere nuovo della Vicarìa, la società riunita alzò le mani a Niccola Furiano detto il Calabrese, a Carlo Delicher detto lo Svizzarotto, a Carmine Pullo, detto Ciucciaro, lo stesso di cui si parlava nella lettera che ho notata di sopra «Bene inteso però, dice Mormino (di cui non riproduco l'ortografia), codesta società vi comunica di far sentire al Ciucciaro che i compagni di codesto carcere l'hanno rimpiazzato col laccio alla gola; qualmente gli direte al medesimo che facesse conto che questa mano avesse avuto la camorra – ma un'altra piccola cosa che di disordine commetterà in questo spedale, vi autorizzo toglierlo di bel nuovo la camorra e rimetterlo al Presidio.»

Ecco ora una pena più grave, la privazione della camorra e l'invio al presidio, cioè in stato di sorveglianza. Questa pena equivaleva ad una sospensione temporaria, che privava il condannato di tutti i suoi diritti. La sospensione poteva durare un mese o due; con essa si punivano le infrazioni leggiere. Così nella lettera medesima, di cui ho citato un brano, trovo sospeso per un mese un Giuseppe Aiello, perchè aveva mancato di rispetto al camorrista di giornata. Un altro Ignazio Giglione è sospeso per un anno, perchè, essendo di giornata, avea mancato al suo dovere.

Ma queste pene erano raramente subite fino al termine fissato dalla sentenza. Come grandine piovevano le grazie. Così allorché il famoso Salvator De Crescenzo, il principe dei camorristi, il bravo, il saggio per eccellenza, il grand'uomo, come lo chiama Mormino, fece solennemente ritorno alla Vicarìa, col cappello in capo, col pugno sull'anca prendendo il passo su tutti, alzando la fronte innanzi a tutte le autorità, scartando i capi, eclissando le stelle, come il re Sole, egli estese la sua clemenza su tutti i delitti de' suoi sudditi, ch'ei si degnava di chiamar ancora suoi fratelli. Zingone fece qualche osservazione intorno a due picciotti di sgarro, ma Mormino si affrettò a rispondere:

«Alzate le mani, perchè è un perdono generale invocato da Salvatore De Crescenzo; soltanto, se i delinquenti ricadranno in fallo, rimetto la loro sorte alla sublima vostra saggezza.»

Un'immensa acclamazione di gratitudine accolse l'amnistia concessa da De Crescenzo.

«Noi non bastano lingue (scrive uno de' graziati, Carmine Roselli) di poter ringraziare e l'una e l'altra società (quella del Carcere nuovo e quella di San Francesco) mentre noi non meritavamo!» O sacrosanta umiltà di un tagliaborse! Noi siamo ladri, assassini al bisogno; peccatucci! Ma abbiamo violate le leggi della camorra; ecco il delitto che pesa sulla nostra coscienza. Se la Corte di Assise ci assolvesse, essa non farebbe che il proprio dovere, nè ci degneremmo di farle neppure un saluto. Ma cadiamo in ginocchio davanti al compagno misericordioso che ci perdona!

III

LA CAMORRA OMICIDA.

Le sentenze di morte – Le esecuzioni – Antonio Lubrano detto Porta di Massa – Come Lombardi pugnalasse Caccaviello per meritare l'onore di uccidere Forestiero, il quale avea ucciso Doria – Cirillo e Zellosiello – L'Aversano, suo delitto e sua morte – Storia di un boia ingannato e di un omicidio in extremis – Odii contro i camorristi – I Napolitani e i Provinciali – Scene di sangue.

Eravi pertanto una pena assai più terribile della sospensione temporanea e della espulsione definitiva: la morte. – Ne era colpito il compagno sleale, che avesse ingannato o tradito la società, sia con frodi o ruberie commesse a di lei pregiudizio, sia pel tentativo d'adulterio con la moglie di un camorrista, sia con denunzie, o con semplici indiscretezze, sia infine (ma contro quest'ultimo delitto la setta non fu sempre molto severa) per un atto qualunque (furto, sfregio o assassinio) eseguito dietro le istigazioni o nell'interesse di una persona estranea alla società.

La pena di morte era pronunciata solennemente dopo un dibattimento formale, da cui l'accusato, tenuto da parte, attendeva la sentenza, dibattimento nel quale un compagno veniva designato d'ufficio come pubblico ministero, altro come difensore, mentre tutti gli affiliati erano riuniti per sostenervi gli uffici di testimoni, giurati e giudici. – Promulgata la sentenza un picciotto qualunque, per lo più tratto a sorte, era incaricato della esecuzione. Se per miracolo declinava tale onore, era passibile della pena che erasi rifiutato d'infliggere, e non poteva sfuggirla se non colla fuga, perchè segnalato tosto a tutti i capi della città e delle Provincie era sicuro di trovare in tutte le prigioni, in tutti i luoghi del regno un coltello alzato sopra di lui.

Le lettere di Mormile o Mormino, che io continuo a esaminare, parlano di un certo numero di camorristi posti in giudizio nel loro ingresso al Carcere nuovo «per non aver saputo adempire a quell'obbligo che i nostri antecessori ci hanno insegnato, perchè avendo i medesimi stanziato lungo tempo in quel sito (in altra prigione) e nulla conchiudendo di aver distrutto l'infame scellerato Pasquale Capozzo, essendo infamità conosciutissima commessa dal detto Capozzo che tutta l'Europa è stata bene informata; ed abbiamo disclussionato quanto segue....»

Questo Pasquale Capozzo, che avea denunziato i camorristi, era dunque colpevole di infamia, e quindi condannato a morte. Coloro che racchiusi con lui nella stessa prigione non erano riusciti a distruggerlo, furono del pari condannati all'unanimità; la lettera di Mormile non accenna a qual pena, ma tal silenzio la lascia intendere facilmente. Ho indicato di sopra le leggi di sangue che reggevano la setta, che sono precisamente il contrario dei precetti evangelici: «Colui che rifiuterà di esser carnefice, sarà vittima. Colui che non trarrà il coltello, perirà di coltello.»

Ciro Cozzolino e Agostino Angelino (i due che non avevano distrutto Capozzo) erano dunque due uomini morti. Ma la loro esecuzione fu contrordinata per ordine del padrone dei padroni, Salvatore De Crescenzo. La società fu convocata una seconda volta e mitigò la pena. Pure Agostino avea parlato a Capozzo; erano stati veduti insieme: egli stesso lo confessava. Qualunque ne fosse stato l'argomento, tale colloquio era un delitto e una vergogna, dalla quale non potea rialzarsi. Fu tolto di barattolo, ossia proscritto dalla società, come traditore ed infame.

Questo da me narrato è un esempio di indulgenza; ma la società non commutava sempre le sue sentenze. Se Capozzo, di cui ho parlato di sopra, potè sfuggire alla pena pronunziata contro di lui, fu in grazia della prudenza di un ispettore delle prigioni, che durante alcuni mesi lo tenne sempre separato dagli altri. Il suo compagno di tradimento, Antonio Lubrano, fu meno fortunato. È tempo di narrare la sua istoria.

Antonio Lubrano nutriva antico e segreto odio contro Salvatore De Crescenzo, il grand'uomo. Era stata fatta una riconciliazione, ma l'odio non erasi spento, e questi uomini violenti non perdonano mai. I due nemici furono confinati insieme a molti altri detenuti nell'isola di Ponza, dove la reazione andò a cercarli durante l'assedio di Gaeta (se la memoria non mi inganna), offrendo loro mezzi di evadere, purchè entrassero in una banda di briganti. L'affare fu tosto concluso: De Crescenzo doveva essere il Crocco di questa armata borbonica. Ma Lubrano non lasciò sfuggire quest'occasione per vendicarsi del suo nemico. Si affrettò a denunziarlo all'autorità dell'isola. Per questo grande servizio fu graziato dal potere officiale, ma fu dal potere occulto condannato a morte!

Commise ancora un delitto gravissimo. Restituito alla libertà, si diede sfrontatamente al contrabbando: ma questo non fu il suo maggiore peccato; ebbe colpa ben più grave, cioè di esercitare tale mestiere a proprio profitto, senza parteciparne i lucri alla setta. Mi assicurano che nel mese di settembre dell'anno corrente i compagni della Vicaria mandarono a chiedergli mille ducati. La rifiutò, e per la seconda volta fu condannato a morte.

Ripreso dalla polizia il 3 ottobre, nella razzia dei camorristi ordinata e valentemente condotta a fine dal questore Aveta, Antonio Lubrano, soprannominato Porta di Massa, fu condotto nel camerone, ove erano racchiusi tutti gli affiliati della setta. Al suo ingresso si imbattè in tre uomini, che lo attendevano e che, gettandosi sopra di lui, lo scannarono. Dico tre uomini; altri assicurano fossero otto, perchè il cadavere aveva otto ferite, fatte con coltelli diversi.

Tale era la potenza della setta e segnatamente di Salvatore De Crescenzo, che avea ordinata l'esecuzione. Mormino e Zingone nulla facevano senza consultarlo, sebbene esso non fosse il capo del Castel Capuano. Egli inviò a Zingone la sentenza di Lubrano per mezzo della moglie di Mozzone: questa megera avea assunto l'incarico di recapitare la condanna di morte, nascosta in un paniere d'uva.

Ha io non ho narrato appieno questa storia tremenda.

Dissi che il condannato fu colpito da tre compagni o chi otto, secondo altri affermano. Ma un solo si attribuì (si accollò, secondo la parola sacra) il delitto. Era un semplice picciotto per nome Niccola Furiano, soprannominato il Calabrese, reazionario furente, conosciuto da De Crescenzo, pessimo soggetto, e ambiziosissimo. Per divenire picciotto erasi incaricato di sfregiare dietro l'ordine dei compagni un detenuto di San Francesco, e per entrare in questo spedale avea simulato non so qual malattia. Per divenir camorrista, si accollò l'assassinio di Lubrano.

Comunissime erano queste sostituzioni nelle prigioni dell'antico regno. Sovente il picciotto attribuivasi l'assassinio, che non avea commesso, per salire in grado; ma sono anche stati commessi delitti per conto altrui, a patto che il mandante si denunziasse in luogo del colpevole. Così avvenne di un settario, del quale mi è sfuggito il nome, che consentì un giorno a servire all'odio di un detenuto non camorrista. Questi avea un nemico nell'ergastolo, ma non osando ucciderlo, ricorse ad un settario il quale gli disse:

– Lo ammazzerò, ma assumerai tu la responsabilità dell'omicidio. Ora il codice abolito era benevolo per l'omicidio commesso nell'ergastolo, in quanto che non lo puniva di morte, ogni qualvolta fosse provata la provocazione. Non trattavasi pertanto che di fornir questa prova. Di guisa che quando un camorrista o un picciotto uccideva un uomo, si ammenava colle sue stesse mani un colpo di coltello, per far credere di essere stato attaccato dalla sua vittima.

Il detenuto del quale parlo si fece dunque schiaffeggiare pubblicamente dall'uomo del quale avea ordinato l'assassinio, e questo fu poco appresso ucciso dal settario con religiosa esattezza. Per buona ventura o per miracolo, perchè tali rivelazioni son rare, la giustizia fu informata di questo negoziato. L'istigatore del delitto non fu condannato, comunque giurasse esser egli il colpevole, e l'assassino, che non avea avuto la prudenza di accomodar le cose in modo da apparir come provocato, fu impiccato.

Ho provato con un aneddoto recente, che le sentenze di morte erano rigorosamente eseguite; aggiungo ora che era proibito a un camorrista di uccidere uno dei suoi compagni senza il giudizio della setta; e sono in grado di giustificare ciò con altro aneddoto.

Uno degli uomini influenti della camorra, un proprietario per nome Antonio Forastiero, detenuto per delitto comune al presidio, d'onde era evaso poco tempo prima alla espiazione della sua pena, arrestato di nuovo, perchè sorpreso con uno stocco in mano, fu accusato dai giornali e denunziato da un camorrista chiamato Vincenzo Doria, come autore di un'estorsione di 200 ducati, commessa a pregiudizio di un negoziante. Avvertito di ciò la sera stessa della denunzia. (24 agosto 1861), Forastiero saltò sul letto ove dormiva il delatore, e gli diè tre colpi di pugnale, senza chiederne licenza agli altri compagni.

Il ferito fu trasportato allo spedale di San Francesco, ove spirò la notte istessa. Prima di morire egli avea accusato Forastiero della sua morte. Tosto Caccaviello (il capo della camorra nello spedale) egli altri compagni che v'erano detenuti (il Capraio, Gennaro Morra, l'Orefice ec.), chiesero di esser condotti per qualche ora alla Vicaria. Questo favore fu loro concesso due giorni dopo. Appena giunti nel camerone dei camorristi, tutti i compagni si riunirono, tennero consiglio, e decisero quanto segue.

Il capo interino che avea sostituito il titolare (questi era precisamente quell'Antonio Mormile di cui abbiamo esaminato la corrispondenza, il quale trovandosi malato aveva passato la notte dell'assassinio allo spedale), il capo interino, io diceva, il contarulo e il camorrista di servizio furono scacciati dalla camorra, per aver permesso un omicidio nell'assenza e senza il permesso del capo eletto. Gli altri camorristi presenti all'atto furono sospesi per un anno. Forastiero venne condannato a morte.

Debbo dire però che la sera stessa del delitto i compagni presenti eransi riuniti in un angolo del camerone, e avevano lungamente discusso in presenza di Forastiero, il quale trovavasi all'angolo opposto della stanza, circondato da alcuni amici ciecamente a lui devoti. Testimone di questa scena, da lui veduta a traverso l'inferriata, l'ispettore Luigi Baculo, dal quale ebbi queste notizie, previde che si sarebbe ancora versato del sangue. Tosto risolvè di separare Forastiero dagli altri camorristi; l'assassino fu messo a parte, e, cosa strana, suo malgrado!

Peraltro, fra i compagni sospesi per non aver impedito l'omicidio trovavansi due uomini, Garofaniello e Lombardi, i quali pregavano Mormile (ritornato dallo spedale e presente al giudizio) di inviarli a San Francesco, ove speravano rientrare in grazia, rendendosi indispensabili. Ma Caccaviello che era ritornato allo spedale, ove era direttore della camorra, nulla volle fare per essi, rimproverandoli di essersi resi complici di un barbaro assassinio, senza il consenso de' loro superiori. Finì per tanto per mitigare questo rigore, ricevendo da essi alcune piastre; ma mentre accettava il danaro facea segretamente dire a Mormile di non cedere alle loro istanze. Lombardi e Garofaniello si accorsero tosto di questo maneggio e risolverono di vendicarsi. Ben si scorge che questa è una storia complicatissima, piena di fasi diverse e atta a svelare tutti gli intrighi della setta.

Ora avvenne che il 3 settembre, il capo Caccaviello chiamò un picciotto di sgarro per nome Telorosso e gli ordinò di scacciare dalla udienza, ossia dalla sala, un certo numero di visitatori, i quali erano venuti per vedere i detenuti. Questo atto arbitrario sollevò clamori. Garofaniello e Lombardi vollero profittare del tumulto, ed ebbero la trista idea di simulare un principio di rissa nell'intendimento di provocare una vera lotta, ove sarebbe intervenuto il capo, il quale nella mischia potrebbe esser ucciso... per sbaglio. Il piano riuscì. Chiamato in soccorso da uno dei combattenti, Caccaviello si gettò fra i pugnali e cadde morto. Lombardi si vantò di aver ammenato il colpo, e tutti glie ne resero omaggio. Non è infatti un lieve onore quello di colpire a morte un capo dei camorristi. L'avventurato vincitore ottenne immediatamente la gloriosa missione di uccider Forastiero.

A tale effetto gli fu donato un coltello da uno de' suoi compagni di spedale. Fu convenuto che il terribile camorrista, che avea illegalmente ucciso Doria, e che per questa irregolarità era condannato dalla setta, sarebbe attratto, ignoro per quali manovre, nella prigione di San Francesco. Lombardi doveva trovarsi alla terza inferriata del corridore, che conduce alla sala di chirurgia. Là avrebbe atteso la sua vittima, e mentre passava l'avrebbe scannata.

Avvertito di ciò, Forastiero pregò l'Ispettore a inviarlo a San Francesco in mezzo ai suoi nemici: parlava di ucciderli tutti, e forse lo avrebbe fatto. Ma il signor Luigi Baculo, come è facile immaginarlo, non desiderava questa carneficina. Inviò il condannato a Portici, nella prigione di Granatello, ad espiare il suo ultimo delitto; spirata la pena, questo feroce bandito deve ritornare nella prigione di Aversa, per terminare l'espiazione di quella dovutagli per il primo reato.

Un camorrista non avea dunque il diritto di uccidere uno dei suoi compagni, senza la licenza degli altri. In compenso, al di fuori della setta poteva assassinare chi più gli piaceva. Così il famigerato Filippo Cirillo non ricevè che felicitazioni per il delitto che fece commettere or fa una dozzina d'anni.

Egli aveva reso alcuni servigi all'ispettore Michele Ruggiero; gli chiese in cambio un favore, che l'onesto funzionario dovè rifiutare; ignoro qual fosse. Tosto nella mente del camorrista l'ispettore fu condannato a morte. Un picciotto per nome Zellosiello, per salire in grado, si incaricò dell'assassinio. Cirillo dovendo esser trasferito in un'altra prigione disse al picciotto: «Aspetta la mia partenza – ventiquattrore dopo uccidi l'ispettore.» – Zellosiello aspettò la partenza del suo signore: ventiquattro ore dopo l'ispettore era morto.

Arrestato, interrogato, tradotto in potere della giustizia, condannato a morte, il picciotto non pronunziò una sol volta il nome di Cirillo. Fu alla perfine impiccato questo valoroso ribaldo! – Re Ferdinando ne ha graziati molti, che non valevano costui!

Ma questo era il lato bello della setta. Io mi sono studiato di non esagerarne i colori, e spero che mi sarà resa questa giustizia: ho detto, a mo' d' esempio, dei servigi che rendeva ai detenuti: ho anche constatato che nel 1848 essa rispettò i prigionieri politici. Ma aggiungo che anche allora vi furono affiliati, i quali fecero il contrario, testimone quel Giuseppe d'Alessandro soprannominato l'Aversano, che tentò di provocare un moto reazionario nella Vicaria. I liberali si consolavano della loro cattività cantando inni patriottici; ma l'Aversano li consigliava a tacersi, e un tal giorno, per rispondere alle loro manifestazioni coraggiose, ammutinò i suoi uomini al grido di Viva il Re. Ne nacque una contro dimostrazione e un tumulto spaventevole: cinque liberali furono presi, stesi sopra una tavola, e subirono cento colpi di verghe. Tale era il modo di procedere sotto il paterno regime de' Borboni. Rispetto all'Aversano, provocatore di queste turbolenze, fu graziato, e divenne ben presto spia e capo di sbirri. Arrestato più tardi nel 1860 con Manetti per il famoso colpo di bastone dato in mezzo alla strada al signor Brénier, ministro di Francia, fu dalla setta condannato, a quanto credo, a morte. Un certo Lombardi gli si avvicinò nella prigione, e l'uccise.

Ho detto anche della fratellanza che univa i camorristi, e ne ho data in prova la sentenza pronunziata contro Forastiero, che aveva ucciso uno dei compagni. Ma io debbo aggiungere che inimicizie terribili scoppiavano talvolta fra questi uomini, uniti da tanti interessi comuni, e che queste inimicizie si spingevano spesso ad atti stranissimi.

Mi è stato citato l'esempio di un uomo che per vendicarsi di uno scherzo insolente, non osando attaccare l'offensore, di lui più abile nel maneggiare il coltello, covò il suo odio e il suo risentimento per ben quindici anni. Durante questo tempo il camorrista che egli voleva uccidere (Luigi Russo) correva di prigione in prigione, di città in città, cercando d'acquistar tempo di fronte a una sentenza di morte, dalla quale appellava sempre, e che fu tre volte confermata, ad Avellino, a Potenza, a Salerno; finì per appellar nuovamente a Napoli. Che fece allora il suo nemico per eseguire il suo funesto progetto, che da sì lungo tempo avea concepito? Nel convincimento che la sentenza sarebbe stata confermata dalla Corte di Napoli, chiese ed ottenne il posto di boia. «Luigi Russo, perirà di mia mano!» esclamò egli sicuro della vendetta – Ma ohimè! avea contato, senza i giudici di Napoli. L'uomo, che dovea di sua mano perire, fu assoluto!

Si narra ancora la storia di un camorrista terribile, che erasi ritirato dal mondo, e non abbandonava la sua casa per una malattia di petto ond'era afflitto. Mentre soffriva, come il leone morente, gli fu annunziato che uno de' suoi compagni avea scherzato sul conto di lui in una taverna della Vicaría. Sempre la solita storia della pedata dell'asino! – Saltò allora dal letto, prese il coltello, corse alla taverna, e trovandovi quegli che egli cercava, lo uccise. Poi, estenuato da questo sforzo supremo, tornò a casa e morì.

Ma questi non sono che odii da uomo a uomo; ve ne erano de' più terribili fra i partiti formati nella setta, ora intorno ai capi, ora, bisogna dirlo, a servizio degli uomini che si succedevano al governo. Fui assicurato che sotto i Borboni, e anche qualche tempo dopo la loro caduta, vi furono due camorre, una favorevole, l'altra ostile al potere, il quale si serviva della prima per combattere o contrabbilanciare la seconda. Non ho notizie precise per provare questo fatto, ma ciò che mi è noto positivamente è che sotto i Borboni queste rivalità fra gruppi di compagni si manifestarono in gravi conflitti.

Posso citare in proposito alcune pagine assai interessanti, che tolgo da un romanzo del signor Alessandro Avitabile, intitolato Carlo il discolo, pubblicato a Napoli or sono alcuni anni. La parola romanzo non spaventi il lettore. Il signor Avitabile mi assicura che egli ha ritratto la scena al naturale, senza aggiungervi una circostanza, nè esagerarne i colori: ha soltanto cangiato i nomi.

Ma, riaprendo questo libro, vi trovo una descrizione tremenda delle prigioni, quali erano sotto Ferdinando II. Citerò dapprima questo brano che introdurrà il lettore sul lugubre teatro dell'avvenimento: egli vi troverà la conferma di molti fatti da me già indicati.

«Il carcere del Popolo sta sotto a quello denominato dei Nobili, ed è scompartito nel seguente modo. La prima stanza serve per l'udienza, ed ha di fronte un cancello di ferro per il quale si scende nell'interno, e due porte a diritta, per una delle quali si va a cinque piccole segrete, chiamate le camerelle, e per l'altra in un stretto corridoio, onde si ascende alla cappella dei condannati a morte. Entrando per il cancello anzidetto, si scendono dei gradini e si va al pianterreno, il quale è diviso in diverse stanze per uso di sottochiavi, ed in cinque ampissimi cameroni, che per antica consuetudine si chiamano dai carcerali il primo del pane, perchè colà tutt'i giorni si fa la distribuzione del pane e della minestra; il secondo degli strappuntini, perchè vi sono i migliori letti; il terzo della taverna, perchè da esso si va ad un gran cortile circondato da alte mura, nel quale vi sono vari focolari per uso dei prigionieri, ed un finestrone che dà luce ed aria al carcere dei Nobili, unico luogo per il quale possono vedersi e parlarsi i detenuti dei diversi carceri; il quarto lo chiamano il cameroncello, per essere il più piccolo di tutti; il quinto poi, perchè il più vasto ed abitato dalla gente più povera, vien denominato dei disperati. Il pavimento dell'intero carcere è di selice, ma levigato al par del più fino marmo per il continuo attrito dei nudi piedi dei malfattori che l'hanno calpestato e lo calpestano, la maggior parte dei quali è affamata, lacera, sucida da fare spavento, a malgrado che ad essi tutti i dì venga distribuita un'abbondante minestra o di pasta o di riso o di legumi ed un pane: cibo bastante a potersi disfamare se coloro, nemici finànco della loro esistenza, non ne vendessero la metà per il vile prezzo di un grano. Vien pur dato loro un piccolo materasso, chiamato dai prigionieri faldo, per dormirvi sopra; e la maggior parte di quegli esseri, chiamati uomini, lo cedono a quelli che vogliono dormire più comodamente, per il compenso di quattro o al più cinque grana alla settimana, contentandosi di giacere essi sulla nuda terra, e ciò fanno non solo la state, ma anche nel più rigido inverno. Due volte l'anno poi si dà ai più miseri e laceri una camicia, un paio di calzoni ed una giacca, oggetti che quella perduta gente, senza neanche vestirsene una sola volta, mandano subito a vendere per vilissimo prezzo; e tutto ciò fanno per alimentare quei vizi che li trascinarono alla colpa, e che gli hanno fatti divenire nemici della società e di Dio. Questi luridi e spiacevoli esseri, tristi abitanti di quel lugubre luogo, passano le intere ore della loro vita nell'ozio, cantando oscene canzoni, bestemmiando, giocando, e pensando al giorno nel quale finiranno la pena e ritorneranno liberi in mezzo alla società, non per divenire migliori ed utili al loro simile, alle loro famiglie desolate, giacchè nella maggior parte di quei cuori il sentimento della virtù non ha mai sede; ma per darsi di nuovo alla crapula, al furto, all'uccisione.»

Ecco ora la dolorosa storia della rissa fra i provinciali e i Napolitani. Il Giuseppe, di cui vi si parla, era un nuovo detenuto entrato di recente nella Vicaría.

«Giuseppe scese nel carcere, e nel primo camerone s'incontrò con Antonio Ottaiano, capo della camorra dei provinciali: il quale era un uomo di circa quarantanni, di statura bassissima, smilzo della persona, di viso scarno, con occhi fieri e truci, che nell'insieme davano al suo aspetto gran somiglianza con un uccello di rapina. Egli era vestito alla foggia dei briganti, ed il solo distintivo, che portava dell'onorifico grado occupato da lui nel carcere, era un berretto rosso con galloni d'oro ed altri ricami.

«Questo essere era seguito da altri due camorristi vestiti come lui: il solo ricamo del berretto era più piccolo, e ciò per indicare la differenza del grado. Uno di quelli prese Giuseppe per un braccio e lo presentò al capo, dicendogli: «Questi è un nuovo ospite.» E Giuseppe che conosceva gli usi del carcere, giacchè non era quella la prima volta che vi veniva, si tolse il berretto e baciò con molto rispetto la mano del capo della camorra, il quale gli diresse le seguenti parole:

– Quando sei venuto?

– In questo momento.

– E perchè sei disceso quaggiù senza prima presentarti a me?

– Vi son venuto per cercarvi e fare il mio dovere.

– Va bene, va bene. Di quale provincia sei?

– Son Napolitano.

Antonio, beffandolo, ripetè la parola con molta ironia e disprezzo, ed uno dei due del suo seguito nello stesso modo soggiunse: – Napolitano vuol dir lo stesso che scemo.

«Giuseppe lo guardò con un poco di risentimento, e l'altro manigoldo che gli stava più vicino gli die uno schiaffo sì forte, che lo fece restare stordito per più d'un'ora.

Giuseppe si mise a piangere per la rabbia e pel dolore, e mordendosi il berretto disse: – Ma questa è una soverchieria! io non ho fatto nessuna mancanza.

«Ed il capo con maggior disprezzo di prima gli rispose: – Hai ragione, povero galantuomo: fanne querela ai bravi, ai coraggiosi tuoi compaesani, acciocchè ti vengano a vendicare. – E volgendosi ad uno de' suoi seguaci, proseguì: – A questa creaturina darai un posto nel quinto camerone in mezzo ai disperati.

– Ma io, soggiunse Giuseppe, non ho negato di pagare il diritto, e per conseguenza....

– Pagherai il diritto ed andrai colà. Va' via, poltronaccio.

«E ciò dicendo, Antonio accompagnò le parole con un calcio, ed uno dei bravacci gli die una forte spinta, e l'altro un pugno. In tal guisa quel malvagio, oppresso da altri più malvagi di lui, s'allontanò fremendo d'ira e desiderando un coltello, un'arma qualunque per vendicarsi. Nel camerone della taverna si incontrò con alcuni suoi amici di vecchia data, i quali, vedendolo piangere e scorgendogli la guancia tutta arrossita, gli domandarono che cosa gli fosse accaduto. Giuseppe raccontò loro l'ingiusto oltraggio ricevuto, e loro chiese un coltello per vendicarsi; ma uno di quelli, mordendosi le mani per il dispetto, disse:

– Noi qui non ne abbiamo: quei millantatori ci han tolte sino le sferre, e perciò fanno i bravi.

– Ma datemi un pezzo di legno, l'appunterò, e con quello gli caccerò l'anima dal corpo.

– Sì l'appunterai, e con quale istrumento?

– Con un poco di vetro, coi denti.

Ed un altro soggiunse: – Per ora bisogna aver prudenza, io spero che subito ci verranno le armi da sopra; il capo della società me le ha promesse.

– Sì; Filippo (che così chiamavasi il capo della camorra del carcere dei Nobili) promette sempre e non attende mai: egli vorrebbe tutto accomodare con le parole, e qui ci vuol sangue.

– Hai ragione: bisogna scrivere ad Alberico; egli è il solo uomo di coraggio che sta sopra ed è capace di una risoluzione; a lui l'ergastolo non fa paura: egli fa il camorrista per amore, e non per interesse, come tutti gli altri, i quali sono buoni solo a prendersi il sabato la porzione del guadagno.

– Sì, scrivigli, ed in nome di tutti, e digli che noi non vogliamo più soffrire questa ingiusta ed infame tirannia.

– Sì, vado; ma qualcuno di voi venga a farmi la guardia, acciocchè io non sia sorpreso.

– Andiamo, disse uno degli interlocutori, e partirono.

«Indi a poco Giuseppe udì chiamarsi ad alta voce da un camorrista, il quale poco dopo lo raggiunse, e dandogli con molto disprezzo una spinta, gli disse: – E così fai il sordo? Tu sei venuto con cattiva idea quaggiù: tu vuoi vivere poco: presto, dammi una piastra.

– Una piastra? gli domandò Giuseppe.

– Sì, e di giusto peso.

– E per qual ragione?

– Oh bella! per la tua entratura ed il posto.

– Una piastra è troppo, io non l'ho.

– Ma via, non far parole inutili, e caccia il danaro. – E così dicendo lo prese per i petti del vestito e gli diè parecchie scrollate.

– Ma ve lo ripeto, in questo momento non posso darvi nulla, perchè non ho danaro: quest'oggi, quando verrà mia madre, vi darò tutto ciò che vorrete.

– Ora va bene, ora parli ragionevolmente, – disse il camorrista togliendogli il berretto dal capo; e dopo averlo guardato con attenzione, gli domandò – Questo gallone è fino? Vuoi venderlo?

– No signore, io non vendo.

– Ebbene, te lo restituirò quando mi darai la piastra.

«E detto ciò, partì portandosi il berretto, e Giuseppe, rimordendosi per la rabbia più forte di prima le mani, chiese di nuovo un'arma ai suoi compagni per vendicarsi; ma quelli, inculcandogli pazienza per il momento, andarono tutti uniti a raggiungere l'amico che stava scrivendo la lettera, per informarlo del nuovo accaduto.

«La lettera fu subito fatta e mandata al suo destino per persona sicura. Alberico se la fece leggere dal segretario della società, e nell'udirne il contenuto sbuffò per la collera. Poi corse dal capo della società, e lo pregò di far riunire tutti i compagni in consiglio. Quando quel nobile consesso fu riunito, il giovane Alberico prese la parola ed espose ai compagni tutto ciò che gli era stato scritto, e finì il suo animatissimo discorso con dire: – Sì, noi non possiamo, nè dobbiamo soffrire più a lungo gli abusi dei provinciali: se loro perdoneremo anche questa volta, ci faremo una bruttissima figura, ed i nostri fratelli dei bagni e degli ergastoli avranno tutto il dritto d'accusarci e chiamarci vili ed infami per tutta la nostra vita.

«Le sue parole entusiasmarono i compagni, i quali ad unanimità decisero che bisognava, che subito si fosse convocato il consiglio delle due camorre per decidere definitivamente sul fatto; ed al momento si spedì ravviso al capo della società del carcere del Popolo, che nello spazio di un'ora si fosse riunito coi suoi compagni nel cortile.

«Allora gli aspiranti a divenire camorristi, chiamati dai carcerati piciutti di sgar, si armarono di bastoni, ed andarono a fare sgombrare tutta la gente del camerone detto Sant'Onofrio, ove sta il gran cancello che guarda sul cortile; quei di giù fecero lo stesso nel cortile, ed in pochi minuti i due luoghi rimasero perfettamente sgombri da tutti quelli che non appartenevano alla camorra. I componenti della società dei provinciali, vestiti col massimo loro lusso e preceduti dal loro capo, scesero nel cortile, e si sedettero dirimpetto al finestrone. Poco dopo quei di Napoli, vestiti anch'essi in gran gala e preceduti dal loro capo, andarono a prender posto vicino al gran cancello. Radunato così il gran consiglio, incominciò la discussione, della quale noi daremo un breve cenno. Il capo dei Napolitani domandò se tutto ciò ch'era scritto nella lettera mandata ad Alberico fosse vero, e quello dei provinciali nulla negò. Allora Alberico prese la parola, e con aspri modi rimproverò quei di basso, e terminò col chiedere loro una soddisfazione. Il suo discorso finì con gli applausi dei suoi compagni, e con fischi e derisione di quei di giù; al che i Napolitani si scagliarono come leoni inferociti sui ferri del cancello per abbatterlo; ma quello era troppo saldo per rompersi a così fatti sforzi, e la loro ira altro risultato non ottenne che la maggiore ilarità dei sottoposti. Dopo pochi minuti per i gridi e le minaccie dei due capi ritornò il silenzio, e le due fazioni ripresero i loro posti, e riprincipiarono le trattative. I Napolitani chiesero di nuovo una soddisfazione, e il capo dei provinciali con tutta gravità rispose: «La domanda è giusta, e l'avrete.» Indi parlò all'orecchio d'un suo compagno, il quale partì, e dopo pochi istanti ritornò trascinando per un braccio un vecchio di sessantanni, dalla faccia sparuta, vestito di luridi cenci e coi piedi scalzi Arrivato quel misero innanzi al detto capo, lo salutò rispettosamente, e questi sorridendo gli disse: – Come ti chiami?

– Francesco Carrozza, rispose il vecchio tutto tremante.

– Dove sei nato?

– In Napoli.

– Ma propriamente in Napoli?

– Sì signore, io sono di Porta Capuana.

– Evviva! del quartiere dei bravi, degli uomini di coraggio. – Quindi si rivolse verso il cancello, e con diabolico sarcasmo diresse a quei di sopra queste parole: – Compagni e fratelli di Napoli, voi ci avete chiesto una soddisfazione, e noi provinciali ve l'accordiamo, ed è questa.

«Così dicendo, prese per la spalliera una sedia, e con quella si mise a percuotere il disgraziato vecchio, finchè quel misero non cadde per terra privo di sensi ed immerso nel proprio sangue.

«Quest'atto di barbarie e crudeltà fu eseguito in mezzo ai gridi, alle imprecazioni ed alle minacce dei Napolitani ed al disprezzo dei provinciali.

«Alberico alla prima percossa che fu data a quel misero diè un urlo pari a quello d'una tigre ferita, e come un forsennato s'allontanò. Indi a poco tornò strascinando pei capelli lo spaventato avvocato Imbroglia, e con voce fatta rauca per l'ira gridò: – Antonio Ottaiano, ora spetta a me; guarda.

E gli mostrò l'uomo che tenea pei capelli.

– L'avv. Conti, disse con rabbia il provinciale.

– Sì, il tuo amico, il tuo difensore, l'uomo nato nello stesso tuo paese.

«Ciò detto sguainò un coltello che portava nascosto sotto la giacca, e brutalmente, senza curarsi dei lamenti di quel disgraziato, lo ferì più volte nel viso.

«Alla vista di quel sangue nel cortile si levò un gridò di vendetta: tutti sguainarono i nascosti stili, e giurarono morte a tutt'i Napolitani. Quelli di sopra ripetettero il giuramento contro i provinciali. A queste selvagge e crudeli scene ne successero delle altre più selvagge e più crudeli. Gl'individui delle due società si scagliarono come forsennati sopra tutti coloro che incontravano, i quali non appartenessero alle loro provincie, e dopo pochi istanti fin dalla strada s'udivano le minacce degli assalitori, le grida dei percossi, i lamenti dei feriti. Quella barbara battaglia, quella disumana carneficina, tra gente che parlava lo stesso linguaggio, nati in paesi poco discosti, governati dalle stesse leggi, educati dalla stessa religione, durò circa un'ora, e finì solo per i sovrumani sforzi e tratti di coraggio dei custodi, dei soldati, e delle autorità di polizia accorsi ai primi gridi.

«Quando l'ordine fu tornato mercè la forza in quei malaugurati luoghi, furon dati solleciti soccorsi ai feriti, la maggior parte dei quali erano i più pacifici e miseri carcerati: i facinorosi furon divisi e chiusi nelle diverse segrete»

Tali erano i costumi dei camorristi nelle prigioni. Usciamo ora da questo inferno, dicendo col Poeta:

Per correr miglior acqua alza le vele

Omai la navicella del mio ingegno,

Che lascia dietro a sè mar sì crudele.»

IV

LA CAMORRA IN PIAZZA.

I camorristi per piacere – I mendicanti – Segni di riconoscimento – I camorristi in guanti gialli – La camorra nelle case private – La camorra sul giuoco, sulla prostituzione ec. – Sul contrabbando – Sul dazio consumo – Lamenti di un padulano e di un cocchiere di fiacre – Il lotto clandestino – Gli assistiti – La carnacottara – Il camorrista usuraio e la madre de' Gracchi – Il camorrista giudice di pace – La camorra sui cocomeri, sui giornali ec. – La camorra nell'armata – Lo sfregio.

Nelle sue origini, al dire dei meglio informati, la camorra non esisteva che nelle prigioni. Ma venne tempo in cui un certo numero d'affiliati avendo subìto parte della pena loro (raramente la espiavano tutta quanta, perchè la bene avventurata fecondità della exregina Maria Teresa forniva al re Ferdinando frequenti occasioni di esercitare la sua clemenza, sopra i delinquenti volgari ben inteso, perchè non perdonava ai prigionieri di Stato), un certo numero di affiliati, io diceva, all'uscir dai bagni o dall'isole, rimanendo privi de' benefizi che vi godevano, pensarono di trasferire la camorra nelle città. Ciò avvenne dopo il 1830, perchè prima di quell'epoca nè i documenti che potei consultare, nè la memoria dei miei più vecchi amici ricorda il minimo indizio di simil setta, fortemente organata ed esportata dalle prigioni.

Dissi di una simil setta. La camorra in fatti, nel significato generale del vocabolo, designa ben altro che l'associazione di cui fin qui ho tenuto proposito. Il vocabolo si applica a tutti gli abusi di forza o di influenza. Far la camorra, nel linguaggio ordinario, significa prelevar un diritto arbitrario o fraudolento. Tal genere di furfanteria era comune in questo paese, ed io ne dirò qualche parola per mostrare tutta la vegetazione di questa pianta venefica, che l'Italia deve estirpare; ma premetto peraltro che qui parlo soltanto di una camorra libera, esercitata da volontari per proprio conto.

Tali erano, a modo di esempio, i falsi monetari e le varietà di ladroni, così innumerevoli da far riscontro alle famose categorie del signor Canler, ove vi si comprendessero tutti coloro che vivono de' beni altrui nell'Italia meridionale, dal modesto saccolaro, che ruba il fazzoletto di tasca al passeggero, fino al feroce regio che abbrucia le campagne e saccheggia i villaggi. Ma senza abbandonare Napoli, potrei fornire singolari notizie su questa feccia di vagabondi, onde non è molto erano affollate le vie della grande città: ladri questi, mendicanti quelli, ladri e mendicanti insieme all'occorrenza, che facevan mostra di piaghe orribili, o simulavano ogni specie di infermità per ingannare il pubblico e fuorviare la polizia. La sera soprattutto Napoli era pavesata da falsi poveri, che si impadronivano delle viuzze appartate e dei quartieri deserti, e con molta arte ivi distribuivansi per tentar cattivi colpi senza correr il menomo rischio. Mugolavano all'avvicinarsi di una pattuglia, contraffacevano il grido del gallo scorgendo da lunge un passeggiero in ritardo, e mettevano lunghi gemiti quando il passeggero non era solo, starnutivano allorchè il sopravveniente era vestito meschinamente, cantavano l'Ave Maria quando l'affare sembrava buono, e il Gloria Patri allorchè annunziavano che la vittima era attesa.

In tutti questi misfatti eravi un po' di camorra senza fallo: ma i Napolitani hanno avuto torto quando ne hanno inferito che bastava esser malfattori per essere camorristi. Esiste su questo punto, nella città stessa, una confusione d'idee che si incontra anche in alcuni opuscoli scritti con molta leggerezza su tale argomento gravissimo. La camorra infatti, ed anche la camorra libera, non commetteva che una certa specie di delitti e li commetteva per mezzo dell'intimidazione. È questo carattere particolare che la distingue da tutti gli altri generi di furfanteria. Con tale specialità di industria essa era esercitata da amatori, non affiliati, nelle più alte sfere; essa si insinuava nelle amministrazioni, alla Borsa, alla Banca, nei Ministeri e perfino in Corte, cenando co' principi e barando alle loro tavole di giuoco. Ciò, che per estensione chiamavasi camorrista in guanti bianchi, era l'uomo importante che entrava in tutti gli affari, e prendeva la parte del leone, il mezzano de' sollecitatori che prelevava una commissione sui favori ottenuti, l'altezza che favoriva il contrabbando e ne divideva i benefizi col contrabbandiere, il direttore degli stabilimenti di beneficenza, il filantropo officiale che economizzava per sè centomila franchi di rendita sul danaro de' poveri, e nutriva la sua famiglia a spese de' trovatelli, i quali morivano quasi tutti di fame; era la camarilla tutta quanta, senza eccettuarne un solo Gran Cordone o un solo Vescovo, la quale vendeva all'ingrosso il governo ad altri camorristi, i quali lo rivendevano al minuto; era infine il re stesso che riceveva il vino dai suoi sudditi. – Si diventa pur troppo libellisti sotto certi governi, quando si vuol far lo storico!

Ho perfino conosciuto a Napoli, ma conosciuto solo di vista, grazie al cielo, un camorrista completo che tirava i dadi e giuocava alle carte, pieno di debiti e di vizi; birbo matricolato, ma ricevuto ovunque anche a corte, perchè tutti ne aveano paura. Egli portava un coltello, ed era abilissimo nell'adoperarlo. Solamente, siccome questo coltello era assai lungo e aveva nome di spada, costui non fu appiccato come assassino, ma rispettato come duellista. Uccise così molte persone, fino a che non rimase vittima di un Inglese più destro di lui.

Dando simile estensione (come si fa generalmente a Napoli) alla parola camorra, bisogna dire che questa industria violenta si esercitava liberamente non solo in tutti i quartieri, in tutte le case della città; essa si esercita ancora sotto i miei occhi. La locanda ove abito è servita, come tutte le locande, da un certo numero d'individui, dal primo all'ultimo grado di domesticità, dal cantiniere al facchino, dal cuoco allo sguattero, dal cameriere al lustrascarpe. Or bene, in questa gerarchia di subordinati, oltre gli oppressori in titolo, regna una camorra che a sua volta opprime. Questa camorra è rappresentata da una donna: sì, da una donna! – Essa ha il fuoco negli occhi e un coltello in tasca: io l'ho trovata un giorno colle mani sanguinose: mi disse ridendo, che non era nulla. È dessa che comanda. Non havvi disputa in cui non prenda parte o per l'uno o per l'altro, non rissa nella via in cui non corra a gittarsi nella mischia co bracci prostesi. Essa fa il suo piccolo commercio in casa, si appropria ciò che trova, sorveglia le contrattazioni, tassa i fornitori, preleva sopra ogni cosa il suo diritto: gli altri lo sanno, e si tacciono, perchè hanno paura.

Non basta: essa rende giustizia. Un giorno i camorristi del porto avevano estorto cinque soldi, pretendendo che ciò fosse in loro diritto, a un facchino di casa. Il pòver uomo, forte come un pesce cane, ma vigliacco come una ranocchia, se ne tornava mestamente con il suo salario smozzicato, contando sulle dita il danaro che avrebbe potuto guadagnare mettendo i cinque soldi al lotto. «Che hai tu dunque?» gli chiese la comare. – Appena ne fu informata, partì come una freccia, giunse in due salti al porto, mise sossopra cielo e terra, urlando e strepitando. La folla cominciava a riunirsi, i carabinieri accorrevano, i camorristi impaurirono e resero i cinque soldi alla donna. Un quarto d'ora dopo essa tornava in trionfo colla mano alzata, mostrando la moneta fra le sue dita. Non so se la restituisse al facchino: dichiaro solamente che la riprese ai camorristi.

Ma, lo ripeto, questa non era che la camorra per piacere, praticata da una donna, che non sarebbe riuscita, se tutti i camorristi fossero a lei assomigliati. Questo esempio prova a qual punto il male è radicato ne' costumi del paese, ma nulla offre che non si trovi più o meno segnalato in tutti i luoghi del mondo.

Ciò che qui è singolare, o almeno lo era ai tempi dei Borboni, era la setta organata in tutti i quartieri della città, avente i suoi dodici capi, come notai, e uno di questi, quello della Vicaria, a tutti superiore: la setta infine che continuamente si ingeriva in certi affari e si imponeva a tutti i poltroni, a tutti i viziosi del paese.

Il luogo ove gli affiliati entravano di diritto erano le bische più o meno autorizzate dalla polizia. Eranvi a Napoli ne' quartieri popolari e ne' dintorni della città, certe taverne mal famate, ove riunivansi i giuocatori appartenenti alle classi inculte. Incapaci a distinguere una lettera da un'altra, i lazzaroni conoscevano benissimo i numeri, scienza necessaria per il lotto, e le quattro specie di carte (coppa, spada, bastone e danaro). Ora ho detto che la camorra sfruttava specialmente i plebei; dunque in tutte le bische, ove de' fanatici cenciosi, assisi in terra, o a cavallo a panche di legno, passavano giornate e nottate intiere a giuocare ostinatamente, era certo che vi si trovava di fronte ad essi, ritto, immobile, cogli occhi fissi sulle carte, che non abbandonava di un solo sguardo, l'inevitabile esattore, che ad ogni partita pretendea parte della vincita: il camorrista.

Con qual diritto imponeva così i giuocatori? Non si è mai saputo. Erano quindici, erano cento, potevano essere mille nella taverna, un solo camorrista li teneva in rispetto, li sorvegliava, li derubava tutti. E spesso non era un camorrista, bastando a ciò anche un semplice picciotto, che si fosse trovato là per caso! Ma tale vigilanza non era soltanto subita, spesso anzi era ricercata, per impedire le frodi, per giudicare delle partite dubbie. Questo testimone interessato era un buon custode: sotto i suoi occhi non si barava facilmente o impunemente: gastigava colle sue mani i baratori; toglieva di mezzo le difficoltà; aggiustava le contese; impediva le risse; si gettava, occorrendo, fra i coltelli. La polizia non aveva bisogno d'intervenire in que' luoghi pericolosi; si affidava ai compagni della setta allora tollerata.

Ho voluto veder da vicino questo singolare commercio, e mi son lasciato condurre in una bettola di pessima fama presso Fontana Medina. I giuocatori non erano affatto lazzaroni, tanto meno gran signori: portavano quegli abiti un po' logori, che qui indossano i mezzi galantuomini. In grazia di questo rispettabile vestiario, non erano sorvegliati durante le partite, ma queste finite, un uomo in giacchetta, portava una mano al suo berretto in segno di deferenza, e stendendo l'altra mano ai vincitori diceva queste due semplici parole: «la camorra!» – Era pagato senza osservazioni, salutava di nuovo e tornava al suo posto.

Non solo nelle case sospette la società imponeva tali tributi, ma dovunque si giocava alle carte. È noto che a Napoli tutto si fa nella strada: i giuocatori onesti che prendevano il fresco davanti le loro porte, e perdevan qualche ora alla scopa, alla primiera, a qualsiasi altra ricreazione inoffensiva, rischiavano sempre di veder giungere il tiranno, armato di un grosso bastone, che si poneva fieramente fra essi senza conoscerli, e faceva l'ufficio di una grande potenza a malgrado del principio di non intervento. I contribuenti aveano un bel giurare che non giuocavano di danari: erano costretti nullameno a pagare la tassa. E i discendenti di quella forte razza plebea, che sotto Masaniello armata di pietre contro le palle avea lapidato la tirannia spagnuola a causa di una nuova imposta sulle frutta, pagavano ai nostri giorni, senza mormorare, l'imposta sulle carte, tremavano di tutte le loro membra dinanzi al bastone del primo venuto. Ciò vidi io stesso, sotto le mie finestre.

Ho detto che il picciotto bastava per esigere la parte dovuta alla società, ma esso non avea facoltà di agire, se non in assenza del camorrista. Quando un compagno in titolo si presentava davanti i giuocatori, il picciotto rimetteva nelle mani di lui il danaro che avea riscosso, e ritiravasi modestamente senza chiedere il menomo salario. E se per sventura sopravveniva un secondo camorrista, che, non conoscendo il primo, volesse prender il suo posto, allora uno de' due traeva fuori di tasca due coltelli (perchè tutti, o quasi tutti, ne portavano seco due simili) e offrendo una di queste punte, come la chiamavano, al suo equivoco avversario, gli proponeva un duello che talvolta era mortale. Ciò avveniva in mezzo alla strada, e qualche volta presso un posto di soldati, i quali lasciavan fare. La folla assisteva senza profferir verbo, e si dava alla fuga, quando uno de' due bravi cadeva immerso nel sangue. – Una legge de' Borboni proibiva di rialzare i feriti! – Quando la polizia giungeva, il vinto avea spesso cessato di vivere, e il vincitore irreperibile saliva in grado, contando, come gli antichi gladiatori, nello stato de' suoi servigi un assassinio di più.

Il tributo esatto dalla camorra sul giuoco era il decimo, ossia un soldo sopra dieci. Sopra altri vizi imponeva tasse simili. Stabilita in tutti i peggiori luoghi, riceveva due carlini per settimana da ogni meretrice: un carlino da ogni lenone, senza contare il casuale, che otteneva regolarmente dagli abituati, e violentemente da quelli di passaggio. Là come nelle bische la setta avea l'ufficio di mantener l'ordine e lo adempiva con vigile attività. I postriboli poco sorvegliati sotto il precedente regime si mantenevano, in grazia della camorra, sotto una certa disciplina: vi si commettevano spesso delle frodi, ma non però da volgere al dramma: raramente vi avvenivano assassinii.

Pur la setta non regnava esclusivamente ne' luoghi infami. Oltre tutti i vizi, essa sfruttava i difetti del popolo, e sopratutto le sue debolezze. Faceva il contrabbando, intimorendo gli impiegati della dogana, o piuttosto prelevava un'imposta su questo commercio fraudolento, ponendo del pari a contribuzione e coloro che lo esercitavano e coloro che ne profittavano, perchè fuvvi un tempo in cui nulla entrava in Napoli per mezzo della dogana. Ma non basta. Essendo per lo innanzi la polizia assai mal fatta, la camorra spesso ne faceva le veci alla dogana e altrove, sorvegliando gli imbarchi e gli sbarchi, l'ingresso, l'egresso e il trasporto della mercanzia. Conosco negozianti di prim'ordine, che aveano al loro soldo camorristi, ai quali davano fior di piastre per assicurare le loro spedizioni. Gli invii di danaro, per esempio, erano spesso garantiti dalla sorveglianza di questa polizia irregolare. E quello che è più singolare si è che questa strana ispezione fu ben tosto organata e sottoposta a tariffa con un rigore, che era lungi dai costumi del paese. La camorra si stabilì a tutti gli ingressi di Napoli, a tutti gli uffizi del dazio, alla dogana, alla stazione della ferrovia, tassò i facchini e i cocchieri, le vetture e le carrette che dovevano trasportare le mercanzie e i viaggiatori. La tassa era rigorosamente chiesta e percepita; sempre il decimo. Un cabriolet, per esempio, per una semplice corsa costava dieci soldi, il cocchiere non ne aveva che nove; il decimo spettava alla camorra.

Era specialmente alle porte della città, presso gli uffizi del dazioconsumo che i nostri bravi attendevano le loro vittime. I giardinieri delle campagne portavano de' panieri di frutta e pagavano dapprima un soldo per paniere. Ma quello che è notevole si è che non pagavano di mala voglia. Questa imposta permetteva loro di viver tranquilli. «Or bene, amico, eccoti contento!» io diceva, or sono alcuni giorni, a un Padulano (abitante di padule; così si chiamano i terreni grassi e ben coltivati che dalle antiche porte di Napoli si stendono fino alle falde del Vesuvio e forniscono legumi a tutta la città). «Perchè contento?» chiese egli – «Perchè si sopprime in questo momento la camorra.» – «Ah! signore» esclamò «questa è la nostra rovina. La camorra prendeva, è vero, la sua parte, ma sorvegliava il bazzariota (mercante ambulante) al quale affidiamo i nostri frutti e i nostri legumi, e tutti questi percorritori di vie, che coi nostri panieri si spargono per la città, non mancavano di rimettere al camorrista, che ce li rendeva esattamente, i pochi soldi che avean ricavato. – Oggi vi vuole la mano di Dio per raggiungere queste birbe. Invece di un ladro ne abbiamo trenta, che prendono tutto il nostro sangue.»

«Ma tu, dissi a un cocchiere di fiacre, nulla hai da dire!»

«Io, rispose, sono un uomo assassinato. Ho comprato un cavallo morto, che non conosce le strade, non vuol passare che dai luoghi che a lui piacciono, che sdrucciola alle salite, cade alle scese, ha paura de' mortaletti e delle campane, che ieri si è impennato nella grotta di Posilippo e ha schiacciato un branco di pecore che gli impediva il cammino. Un camorrista che mi protegge, e che avea il suo pizzo (posto) al mercato de' cavalli, mi avrebbe risparmiato questo furto. Egli sorvegliava le vendite e riceveva la sua mancia dal venditore e dal compratore. L'anno scorso io avevo da vendere un cavallo cieco, ed egli l'ha fatto passare per buono, perchè mi proteggeva. È stato messo in prigione, e io sono stato costretto a comprar senza di lui questo cavallaccio. – Era un gran galantuomo!»

Un'altra industria assai singolare, esercitata dai camorristi, era il lotto clandestino. Ciò merita alcune parole di spiegazione. Non tutti sanno ciò che sia il lotto officiale in Napoli. La estrazione avea luogo con grande apparato ogni sabato, in una sala del Castel Capuano (il quale è anche il palazzo dei tribunali in Napoli; oggi l'estrazione ha luogo al palazzo delle Finanze) sotto la ispezione della Corte de' Conti, con la benedizione di un sacerdote, in presenza del popolo e per mano di un fanciullo, il quale estraeva uno dopo l'altro cinque numeri da un'urna di legno, che ne conteneva novanta. Questi cinque numeri erano pubblicati uno ad uno da una finestra della sala, alla folla riunita dinanzi al palazzo: la notizia dell' estrazione si spargeva immediatamente colla rapidità del fulmine in tutti i quartieri della città e fino all'estremo limite del Regno. Il filo elettrico non avrebbe potuto lottare contro questa telegrafia verbale. Mi ricordo che un giorno lasciai la Vicarìa al momento in cui l'ultimo numero era sortito: trovai una vettura innanzi al palazzo, detti dieci minuti di tempo al cocchiere per percorrere la mezza lega che separa Castel Capuano dalla locanda da me abitata. Io contavo di recar sorpresa a tutti gli abitanti di casa, apprendendo loro i cinque numeri, ancora ignoti al prossimo botteghino del lotto. Il cocchiere fece tutto quanto eragli possibile: poco mancò che una volta o due non ribaltassi, attaccò delle carrette, frisò passeggeri, dimenticò di salutare le madonne, passò innanzi alla vettura di un principe reale, a rischio di esser arrestato l'indomani, e giunse in meno di nove minuti. Tutti conoscevano già l'estrazione!

Ad una quantità di industrie dava alimento la lotteria: vi erano gli assistiti, i maghi, gli zingari, i cappuccini che vendevano i numeri; vi erano anche degli uomini fraudolenti (ammesso che quelli sopra indicati non lo fossero) che sfruttavano largamente la ignoranza popolare, fornendo prove della loro lucidità. Per esempio, dicevano al lazzarone: «Va' a giuocar tre numeri, quelli che tu vorrai; io li saprò al tuo ritorno, perchè sento lo spirito che m'invade e me li dice all'orecchio.» L'astuzia riusciva sempre, in grazia di un compare dal piede svelto, che andava e veniva con un passo più sollecito del giocatore facilmente ingannato. Tutto ciò era accompagnato da genuflessioni, estasi e smancerie devote: la vittima sbalordita pagava finalmente ciò che le era chiesto per ottenere un terno profetico; e inoltre dava alcune libbre di cera per un santo qualunque, perchè i numeri non si ottenevano senza l'intervento del paradiso. E dopo ciò, attendeva tranquillamente il sabato, sicura di guadagnare il pane per il rimanente de' suoi giorni. I numeri non uscivano, ma l'assistito diceva all'afflitto disingannato: «È per causa de' tuoi peccati. Sei un miscredente e un miserabile!»

Or ecco in che consisteva la lotteria de' camorristi.

Il popolo ha tutta la settimana per giuocare e non può rischiare che le minime somme, una decinca per esempio (10 centesimi e mezzo). Ma il sabato mattina, l'ultimo giorno, all'ultimo momento la più piccola messa deve essere di quattro carlini (lire 1,68). Ora è raro che un plebeo di Napoli abbia questo denaro in tasca, in specie alla fine della settimana, avendo giuocato soldo per soldo tutto ciò che possedea durante i sei primi giorni. Egli si indirizza allora al camorrista di sul canto, che tiene un ufficio clandestino di lotto. Questo trafficante riceve le messe più povere alle stesse condizioni, agli stessi vantaggi e quasi colle stesse guarentigie, che offre l'uffizio legale. La estrazione non si fa separata, e i numeri estratti alla Vicarìa sono riconosciuti dai camorristi. Se per caso un biglietto guadagna, pagano esattamente al vincitore la somma che gli spetta; anzi mostrano una certa probità nel loro mestiere di contrabbando.

Ma è un miracolo che i numeri giuocati sortano. Il lotto è il giuoco più immorale, è una partita vergognosamente ineguale fra il fisco e il popolo, che frutta al primo delle centinaia di milioni. È un tributo vergognoso imposto alla perpetua illusione del povero. Ma il povero non vuole esserne sollevato. Già due o tre volte la rivoluzione ha minacciato di insorgere se le si toglieva il lotto. Garibaldi stesso, colla sua onnipotenza, non ha potuto abolire questa istituzione più radicata della dinastia de' Borboni. Il popolo avrebbe richiamato Francesco II per riacquistare il diritto di rovinarsi in favore di lui, e di arricchire il fisco riducendosi a morir sulla paglia.

Così i camorristi addivenivano ricchi con un tal mestiere. È stata di recente arrestata una donna, la Carnacottara (rosticciera), che teneva un botteghino di lotto illecito. Essa sola vi guadagnava, ogni settimana, un migliaio di franchi!

Gli affiliati si ponevano anche il sabato sera alla porta di tutti gli uffizi ortodossi e prelevavano un diritto sul danaro vinto dai giuocatori avventurati. Un uomo di casa mia, che vinceva talvolta, dava alla camorra dieci soldi per ducato: sempre il decimo.

Si comprende ora l'industria della setta. Essa sfruttava tutti i vizi, anche quelli del potere. Rubava al governo, quando il governo, o per amore o per forza, si conduceva disonestamente.

Ora passo sopra alle altre varietà di camorristi: quello che presiedeva ai bagni di mare e riceveva da ogni stabilimento sei carlini per settimana; quello che praticava l'usure e si mostrava nella via carico di spilli, di catene, di anelli impegnati presso lui dai poveri, sfarzo ambulante che nascondeva insolentemente l'ignobile mestiere di questo ribaldo. L'usura è un male che regna ovunque, ma sopra tutto a Napoli, ove non sono state fondate che di recente le casse di risparmio. La donna del popolo che guadagna qualche danaro si affretta a cambiarlo in ori, in gioielli cioè, che impegna quando la necessità lo richiede, e in questo paese del far niente la necessità vien sempre. E spesso il suo danaro le costa anzi che recarle frutto; essa deve pagare gli interessi all'usuraio, che conserva gli ori e le impone gravi condizioni per il riscatto. La povera donna si è già indebitata per comprare una catena d'oro, e spesso la impegna per pagarla. Si immagini pertanto il suo tristo stato fra i due creditori che la premono. Essa abbandona fino il suo ultimo pezzo di pane per pagare da un lato e conservare dall'altro questo tristo gioiello di cui essa non gode. – E tuttavia, incredibile oppressione dell'abitudine, quelle che agiscono così hanno fama di econome: quelle che più fanno mostra d'oro sono citate come esempi di modestia, di previdenza e di virtù. È al numero degli anelli che cuoprono tutte le falangi dei suoi dieci diti, che qui si riconosce la madre de' Gracchi.

La camorra, speculando su tutte queste debolezze, insinuavasi così, in mille guise, nella vita privata dei poveri. Essa era talmente temuta, che le vittime restavano in potere dei tiranni, anche quando questi non erano più liberi. Al parlatorio delle prigioni, ove sono racchiusi, ricevono ancora puntualmente il tributo de' loro contribuenti. Io non voleva crederlo: ho voluto vedere da me, ed ho veduto.

Erano temuti, ma dico anche di più, erano rispettati. Sia che nell'origine, come crede il signor Lazzaro deputato della sinistra (ho voluto consultare tutti i partiti), abbiano continuato la cavalleria errante e si sieno associati «per difendere il debole contro la prepotenza del forte col mezzo di una forza maggiore;» sia che la violenza sia ancora nei nostri giorni il miglior titolo alla venerazione delle moltitudini, essi si erigevano in tribunale popolare e componevano una magistratura meglio consultata, meglio ascoltata di quella eletta da Ferdinando. «Nel suo quartiere» scrive il signor Lazzaro, «il camorrista esercita di fatto l'ufficio dei giudici di pace; le sue sentenze sono inappellabili e spesso giustissime, non mai disobbedite; spesso con questo mezzo si evitano dispendiosi litigi.» Ho voluto verificare quest'asserzione, e la trovai perfettamente esatta.

Ma, se con una mano il camorrista faceva qualche bene, dall'altra faceva molto male. Che lo si chieda ai venditori o rivenditori di cocomeri, i quali dovevano pagare cinque o sei tasse prima che il felice consumatore potesse mangiar questi frutti, che servono al popolo a tre usi (pe nu rano, magni, bivi e te lavi la faccia). La camorra percepiva un diritto sulla caricazione, un diritto sul trasporto, un diritto sulla scaricazione, un diritto sulla distribuzione, un diritto sulla vendita al minuto di questi frutti a sì poco prezzo, umile regalo del povero, scemando il profitto de' coltivatori e de' venditori, che non vi guadagnavano quasi nulla. – Chiedetelo ai venditori di giornali, che dopo la rivoluzione hanno inondato la città! – Quando comparisce il Pungolo, la sera, verso un'ora di notte, frotte di monelli prendono la loro corsa, e agitando il foglio ancora fradicio, si slanciano in tutti i quartieri gridando a perdigola. – O Pungolo! O Pungolo – È asciuto o Pungolo – Notizie e Roma – Notizie e Galibardo – È bello a leggere – O Pungolo! – O Pungolo! – Il pubblico arresta al loro passaggio questi gridatori sfrenati, affannati, immaginandosi, nel vederli così frettolosi, che il foglio della sera annunzi grandi notizie. Questa corsa furibonda frutta qualche soldo ai ragazzi, che vanno e vociferano in modo da spolmonarsi fino a che v'è gente per le vie. Ma frutta una fortuna ai camorristi che, senza far cosa alcuna, senza lasciar il loro posto, esigono la parte più grossa del bottino! – Chiedetelo a quei disgraziati che sotto i Borboni servivano di cambi militari; erano comprati dalla camorra che li rivendeva ai ricchi; ma appena comprati, questi sciagurati, guardati a vista, tenuti sotto chiavi, nutriti, vestiti, battuti come negri, subivano una servitù più rigorosa di quella dei prigionieri di Stato nei sotterranei di Castel dell'Uovo!

Chiedetelo ai mendicanti stessi! – Sì, questi vagabondi di cui ho parlato di sopra, stroppiati, famelici, fanfaroni della miseria che mettevano piaghe schifose in mostra, erano sottoposti alla pari degli altri alla inesorabile rapacità della camorra. Vi era un'imposizione fino sull'elemosina.

La setta infine (mi preme finirla) s'era insinuata nei corpi militari: fuvvi un tempo in cui i Borboni, disperando di acclimatare la coscrizione in Sicilia e volendo frattanto trarne dei soldati, aprirono le porte de' bagni e cambiando le vesti rosse in uniformi, arreggimentarono i forzati, sotto la bandiera bianca coi gigli. Non giudichiamo troppo severamente quest'atto sovrano, che era forse un tentativo umanitario. Diciamo soltanto che fu un piano disgraziato, in cui il cattivo elemento prevalse. L'armata tosto si corruppe, la camorra vi si stabilì, e presto passò nella marina.

Poco ho da dire sulla camorra militare che, grazie al cielo, non è più un male da estirpare. L'esercito napolitano si fuse con l'esercito italiano, combinazione più felice dell'altra, nella quale la lealtà, il coraggio, lo spirito di corpo, il rispetto della bandiera, la fermezza del granatiere piemontese, il brio del bersagliere, di questo corpo vispo e gagliardo che mi dà l'idea di uno squadrone di fantaccini che corrono sempre davanti ad essi al fragore vivace della lor musica; tutte queste qualità del grande esercito hanno invaso i coscritti di Napoli che marciano e si battono ora come vecchi soldati. Vedo passare tutte le mattine un reggimento, sotto la mia finestra; esso si compone di uomini presi a caso nell'intiera Italia; non riconosco già più il napolitano, il piemontese, il siciliano, il lombardo. Noi siamo tutti Italiani, mi diceva un fantaccino abruzzese, che avea perduto l'accento circonflesso eternamente aperto della sua provincia.

Bisogna però confessare che un piccolo numero di uomini del mezzogiorno ha tentato di introdurre la camorra nell'esercito italiano. Inutile dire in che consistesse questa camorra: il lettore ne sa già abbastanza per immaginarlo da sè medesimo. Era, come ovunque, una associazione de' violenti contro i deboli, un sistema di estorsioni sopra il soldo, sul rancio, sul pane, un traffico organato sopra i fornimenti, un accrescimento di obblighi imposto alle reclute, abusi inveterati che esistono in tutti i paesi, in tutte le riunioni di uomini, principiando dai collegi. Ma più perniciosi e più violenti erano a Napoli, perchè si costituivano in setta e formavano una oppressione organizzata.

Gli sforzi de' camorristi non ebbero presa sull'esercito italiano; la loro cospirazione sventata e smascherata non condusse ad altro resultato che a cuoprirli di confusione. Si ebbe il buon senso di infliggere a costoro la pena che più poteva paralizzarli, il ridicolo: furono esposti nel campo con un cartello sul petto nel quale stava scritto questo nome già infamante: Camorrista. A datare da questa esecuzione non hanno più spaventato alcuno, e son derisi dalla stessa gente del loro paese.

Non ho dunque più da discorrere della camorra nell'esercito. Io rammento soltanto che essa era venuta di Sicilia d'onde avea condotto lo sfregio, una delle operazioni ordinarie della setta, una delle pene che essa infligge o applica al bisogno per conto altrui, in ispecie al di là dello stretto. A Napoli s'incontra con uguale facilità un uomo sfregiato come uno studente tedesco: si può scommetter a colpo sicuro che egli è stato sfregiato da un camorrista. Ma è particolarmente sulle donne che questa barbarie veniva commessa, in un accesso di collera o di gelosia, qualche volta anche a sangue freddo e dopo una sentenza. Gli sfregi divennero sì frequenti fra il 1830 e il 1840 che fu necessaria una legge speciale per reprimerli; fu decretato che ogni ferita, che avesse sfigurato il volto di chi l'avea ricevuta, sarebbe punita con raddoppiamento di severità. Fu anche proibito agli uomini di portare sopra di sè de' rasoi, istrumento ordinario di questa sorte di supplizi. Ma come punire violenze di cui niuno si lagnava, nè eranvi testimoni che parlassero, e neppur le vittime stesse? Sarò creduto se affermo sul mio onore che queste disgraziate (Victor Hugo direbbe queste miserabili) si affezionavano con una specie di furore all'uomo che le avea sfigurate? – «Bisogna che egli mi ami,» esclamava una di esse, mostrando sulla gota una larga piaga d'onde usciva sangue, «bisogna che mi ami!» La folla s'era riunita, sopravvenne un agente di polizia, il quale chiese ciò che era accaduto. – «Non è nulla» rispose ella, «ho preso questo rasoio, ridendo, per imitare quel giovane quando si fa la barba: io non v'ho badato troppo e mi sono tagliata: ecco tutto. Io non scherzerò più coi rasoi.»

V.

ORIGINI DELLA CAMORRA.

Questioni di etimologia e di vestiario – La camorra in Ispagna – Rinconete e Cortadillo – La confraternita di Monopodio – La camorra fra gli Arabi – Il camorrista e Sancho Pança – La baratteria – La camorra sotto i vicere a Napoli – I due tratti di corda – Rapporti dei Gesuiti sui camorristi – La garduna – Gli uffiziali pubblichelli – I bonachi – Umili scuse dell'autore.

Omai il lettore conosce la camorra, i suoi costumi, le sue leggi, la sua potenza nelle carceri, le sue ramificazioni in città. – Importa ora studiarne le cause e le origini: forse mi si dirà (e taluno lo avrà già detto) che avrei dovuto prender di qui le mosse. Ma il mio argomento è sì poco conosciuto, che è malagevole parlarne, serbando una rigorosa regolarità cronologica. Se io dovessi scrivere la storia d'Italia, a mo' d'esempio, non vi sarebbe alcun inconveniente a esordire collo stabilimento dei Pelasgi e degli Illiri, perchè la sola parola Italia, scritta sul frontespizio del libro, evocherebbe nei lettori più illetterati la gloriosa immagine della penisola

Che Appennin parte, il mar circonda e l'Alpe.

Ma il titolo di camorra non poteva suscitare che idee vaghe e confuse. Stimai quindi necessario definirla da prima. Quando ci imbattiamo in un uomo a noi ignoto, non gli si chiede, onde egli venga, ma chi egli sia; il perchè ho stimato dover descrivere prima il torrente melmoso, e indicarne poi le scaturigini.

D'altra parte a propriamente dire non havvi genesi della camorra. Intorno alle origini di una setta che porta questo nome, nulla dice la storia, e la tradizione non risale oltre il 1820. Per ottenere qualche semplice notizia su tal punto oscurissimo bisogna avventurarsi sul terreno dubbioso della etimologia. Io ho cercato di avere notizie dai dotti, ed ecco quanto mi hanno insegnato.

Secondo taluni, camorra non è che una corruzione del vocabolo gamurra, indicante un vestiario grossolano simile assai alla chamarra degli Spagnuoli. La parola camorra si trova spesso nelle antiche commedie in dialetto, e designa sempre una specie di abito cortissimo o di giacchetta. – «Le facettero vedere camorra de telette di Spagna» – dice un vecchio libro napolitano. – (Pentamerone, III, 10).

Da ciò può concludersi che questo abito popolare era indossato in altri tempi da una genia di bravi e di lazzaroni, che presero il nome dalle loro vesti. Due circostanze avvalorano questa presunzione; i camorristi portano ancora un abito simile, e i bonachi in Sicilia (setta dello stesso genere) sono così chiamati perchè portano la bunaca, «giubbone di velluto che li copre sin sotto il cinto ed ha una grande tasca di dietro.» – Il dizionario siculo di Mortellaro, che fornisce questa spiegazione, aggiunge che una parola simile, bumaca, esiste nel dialetto calabrese. Questa è una maniera assai astuta per insinuare che la camorra non nacque in Sicilia, ma vi venne del continente: i lessicografi non dimenticano l'amor del luogo natio.

Il mio dotto amico, signor de Blasiis, professore all'Università di Napoli, avendo istituite per me alcune indagini nella Biblioteca Nazionale e avendomi aiutato colla sua gentile erudizione in questa parte difficile del mio lavoro, ha scoperto nella voluminosa raccolta intitolata Monumenta historica patriae (Cod. Dipl. Sard. tom. 1. pag. 358, r. 1) una compagnia quae facta futi in Kallari dicta de Gamurra, associazione de' mercanti di Pisa, riuniti nell'Isola di Sardegna e armati di arbaleti, di corazze e moschetti per la difesa del paese. La fondazione di questa compagnia rimontava al principio del secolo XIII.

A malgrado di queste curiose notizie e di queste dotte ipotesi, il comune degli etimologisti si attiene alla semplice interpretazione che fornisce il più volgare dizionario spagnuolo. Al di là de' Pirenei, camorra significa querela, rissa, contestazione, disputa. Buscar camorra, vuol dire cercare noci; hacer camorra cercar lite. Il nome di camorrista esiste nel linguaggio popolare, e designa il cattivo soggetto. Vi è duuque da scommetter cento contro uno che la setta, eminentemente querula, de' camorristi napolitani ha tratto di là il suo nome e per conseguenza è una importazione spagnuola.

Si trovano d'altra parte negli antichi costumi spagnuoli alcune vestigia di un'associazione simile, che proteggeva i vizi onde sfruttarli. In grazia all'abile traduzione di L. Viardot sono conosciute le novelle di Cervantes. Or se taluno si prende la pena di rileggere la seconda (Rinconete e Cotardillo) vi troverà la storia di due ladri apprendisti, ammessi nella confraternita di Monopodio. Questa rassomigliava alla camorra ed era di lei più scellerata. Era una riunione di ladri stabiliti a Siviglia, i quali dividevano i loro lucri colla polizia e col clero. «È nostro costume, confessa il capo, di far dire ogni anno un certo numero di messe per il riposo delle anime dei nostri defunti e benefattori, prelevando, per l'elemosina del prete che le celebra, una parte di ciò che viene da noi rubato. Queste messe dette e pagate in tal guisa arrecano, a quanto si assicura, grandi vantaggi a quelle anime, per via di naufragio (voleva dire per via di suffragio); sotto il nome dei nostri benefattori comprendiamo il procuratore che ci assiste, l'alguazil che ci corregge, il boia che si muove a pietà di noi, quegli infine che, quando uno dei nostri corre per la via ed è inseguito dalle grida al ladro, al ladro, arrestatelo, arrestatelo, si getta in mezzo e raffrena la folla che si precipitava dietro il fuggiasco, dicendo: Lasciate andar quel povero diavolo: assai è disgraziato, che vada in pace e che sia punito dal suo stesso peccato.» – Leggendo queste linee, si crederebbe che vi si parlasse non di Siviglia, ma di Napoli, non dei costumi di tre secoli indietro, ma di quelli dei nostri giorni.

La confraternita di Siviglia formava una società a parte come la camorra: aveva la sua lingua, il suo codice, si giudicava da sè medesima e si attribuiva sui propri membri il diritto di vita e di morte. Monopodio, il capo di questi birbanti, «aveva dato loro l'ordine di prelevare su tutto quanto rubavano qualche elemosina per l'olio della lampada di una santa immagine che si venerava in città.» È lo stesso di quello che fanno i camorristi per i quadri della Madonna, che si trovano nelle prigioni.

Un altro punto di contatto fra le due società consisteva nel tempo del noviziato. A Siviglia i novizi si chiamavano fratelli minori; dovevano pagare una mezza annata sul primo loro furto, portavano ambasciate ai fratelli maggiori sia alle prigioni, sia nelle loro case, per conto de' loro contribuenti e adempivano mille offici subalterni. I fratelli maggiori avevano tutti un soprannome, e aveano, come i camorristi, il diritto di entrare a parte di tutto ciò che gli applicati portavano nella massa comune. Il capo distribuiva il prodotto totale delle industrie diverse fra i subordinati e gli agenti, dopo aver prelevato ciò che spettava agli alcadi e agli alguazils. In grazia di tali precauzioni, le pattuglie passavano dinanzi ai luoghi ove erano ricoverati i banditi e non v'entravano mai. Questi si spargevano nel mattino per la città, dove ciascuno era obbligato a commettere qualche delitto. Spesso la confraternita si incaricava delle vendette private, e Monopodio teneva un registro esatto delle commissioni che riceveva dai suoi clienti. Ecco alcune partite tolte da quel registro.

«Al sarto gobbo soprannominato il Silguero (calderino) sei colpi di bastone per conto della signora che ha lasciato in pegno la sua collana. Esecutore il Desmochado (il mutilato)» (Un camorrista di Napoli avea il soprannome di Mozzone, che suona lo stesso.)

«All'oste della Lucerna, dodici colpi di bastone di prima qualità, a uno scudo il colpo. Ricevuto un acconto per otto. Termine stabilito sei giorni. Esecutore Maniferro.»

«Nota degli sfregi da farsi in questa settimana. Il primo al mercante sul canto della via. Prezzo cinquanta scudi: trenta sono già stati pagati in conto. Esecutore Chiquiznaque.»

Ecco lo sfregio de' camorristi. Recan maraviglia questi punti di somiglianza fra le due società, soprattutto quando si pensa che Cervantes non ci ha fornito in questa novella un quadro di fantasia per incastrarvi qualche avventura romanzesca, ma invece ha fatto uno studio senza finzioni, senza fiorettature, di costumi infami, da lui esaminati durante il suo soggiorno a Siviglia dall'anno 1588 all'anno 1603.

Un'altra particolarità, che assegna alla camorra un'origine spagnuola, è il significato nel quale questa parola è presa dagli scrittori del dialetto e dalla gente del paese. Infatti se consultiamo il Vocabolario Napolitano di De Ritis o il Vocabolario Siciliano del Mortillaro, si vedrà che il camorrista è un biscazziere plebeo, che corre per l'osterie per estorcervi del danaro ai giuocatori a forza d'insulti e di minacce. È probabile che questo fosse il primo mestiere della setta, il cui nome verrebbe allora dall'arabo Kumar, giuoco aleatorio proibito dal Corano, produttivo di lucri fraudolenti (alea, dice il dizionario arabo e persiano di Mencirski, et aleatorius quivis ludus peculiariter quo captatur lucrum). Si può dunque inferirne che gli Arabi dessero questo vocabolo agli Spagnuoli, i quali lo trasmisero ai Napolitani, forse anche con il fatto che denotava.

È certo però che questa imposta sul giuoco era in vigore in Spagna ai tempi di Cervantes. Allorchè Sancho Pança fece il giro della sua isola di Baratteria (si noti il nome, sul quale tornerò in appresso, che significa cambio, traffico, e, per traslato, frode, tanto in italiano quanto in spagnuolo), allorchè Sancho, come io diceva, fece questo giro, accompagnato da tutti i suoi seguaci e dal suo istoriografo, senza contare i cancellieri e gli alguazils, mentre camminava in mezzo ad essi col suo bastone in mano, udì il romore prodotto dal cozzar di due spade. Erano due uomini che si battevano e che si fermarono al sopraggiungere della giustizia, e uno di essi esclamò: «Dobbiam tollerare che questa gente commetta furti, e che si getti sopra di noi per spogliarci in mezzo alla strada?» – « Calmatevi, uomo dabbene,» disse Sancho, «e raccontatemi qual è la causa di questa rissa, perchè io sono il governatore.»

Ecco la risposta che egli ebbe. Chiedo licenza di sostituire qui una traduzione letterale, fatta da me, all'interpretazione alquanto libera del testo data da altri traduttori da me consultati. – «Signor Governatore, ve lo dirò brevemente. La Signoria vostra saprà che questo gentiluomo ha vinto ora nella casa di giuoco, là di faccia, più di mille reali, e Dio sa come; io che ero presente giudicai, contro coscienza, in favor di lui molte partite dubbie: e quando sperai che mi avrebbe dato almeno qualche scudo di gratificazione, come è stile darne ad uomini della mia importanza, che se ne stanno testimoni de' cattivi e de' buoni colpi, per giudicare le frodi e per risparmiare le querele, egli intascò il suo danaro ed uscì dalla casa.»

Questo è ciò che faceva il camorrista napolitano nelle case di giuoco di Napoli. Ho tradotto gratificazione la parola spagnuola barato, che denota specialmente una specie di mancia pagata d'ordinario dal giuocatore che vince. E qui rammento che la imposta percepita dalla camorra di Napoli chiamasi barattolo.

L'individuo, interrogato da Sancho, aggiunge ancora: «Io sono un uomo onorevole: non ho impiego nè benefizii, perchè i miei genitori nulla mi hanno insegnato e nulla lasciato» (altra rassomiglianza co' camorristi), e finisce col dichiarare che, se Sancho ritardava, avrebbe fatto vomitare la sua vincita (traduco letteralmente vomitar la ganancia) al gentiluomo. «Che potete rispondere?» chiese Sancho a questo: «Egli confessò che quanto avea narrato il suo avversario era vero, e che non avea voluto dargli più di quattro reali, perchè gli regalava spesso del danaro, e perchè coloro che speravano il barato dovevano esser modesti e ricevere ciò che loro si dava con volto gioviale, senza porsi a patteggiare co' giuocatori fortunati, a meno che non sapessero che questi aveano vinto fraudolentemente, perchè i giuocatori fraudolenti sono sempre tributari de' testimoni (mirones) che li sorprendono.» – È la camorra vera e propria, è lo sfruttare il vizio e la frode altrui. Da questo brano apprendiamo inoltre che i camorristi nelle case di giuoco di Spagna si chiamavano mirones.

È nota la sentenza di Sancho. Il gentiluomo fu condannato a pagare 200 reali al miron, e questi a partire immediatamente e star fuori dell'isola dieci anni. Chiudendo questo paragrafo osservo che la polizia di Napoli, avendo da trattar con uomini simili, pronunzia sentenze simili. Essa li scaccia dalla città e li invia, non importa dove, fino a nuovo ordine. I costumi fanno le leggi: nè abbiam progredito molto dopo Sancho Pança in fatto di morale e di giustizia.

Per le ragioni da me esposte è dunque probabile che la camorra si stabilisse nell'Italia meridionale con gli Spagnuoli. Però negli annali antichi di queste contrade non se ne trovano tracce, e in tale proposito è mestieri giovarsi di congetture molto confuse. È noto soltanto che la camorra non si esercitò soltanto nelle case di giuoco, ove era conosciuta e gastigata dalle prammatiche siciliane (Titolo LIII, v. I. ec) sotto il nome di baratteria. Essa entrò nei luoghi di detenzione, che addivennero in seguito il centro della setta, e vi formò un'associazione feroce, che vivea di rapina e di assassinio. Fin dalla metà del secolo XVI il vicere cardinale Gran Vela scriveva quanto segue (Pragm., 27 sett. 1573): «A nostra notizia è pervenuto che dentro, le carceri della G. C. della Vicarìa si fanno molte estorsioni dai carcerati, creandosi l'un l'altro priori in dette carceri, facendosi pagare l'olio per le lampade e facendosi dare altri illeciti pagamenti, facendo essi da padroni in dette carceri.» – Il pio prelato immaginò un singolar mezzo per domar la camorra: la sottopose a due tratti di corda. Ma sembra che il supplizio non bastasse. Esiste nella Biblioteca Nazionale un documento curiosissimo intitolato: Relazione dello stato delle carceri della G. C. della Vicarìa di Napoli e delle mutazioni fatteci e mantenute sino al presente 1674 per mezzo della missione perpetua istituitavi dai PP. della Compagnia di Gesù. Si rileva dal rapporto «che nelle prigioni i furti erano tali, che appena entrato uno nelle carceri s'eran già venduti li vestiti e quel che è peggio si trovava spogliato senza accorgersene, e se ben s'accorgeva non poteva parlare per timore della vita, poichè con più facilità si facevano omicidi, avvelenazioni ec. dentro le carceri che fuori. E grandi erano i maltrattamenti che si facevano a quelli che venivano carcerati o per occasione di torgli qualche danaro sotto colore che ognuno, quale entra di nuovo carcerato, li facevano pagare la lampa, o sotto altro titolo che si tace per modestia.»

Ma i sermoni de' Gesuiti non sortirono migliore effetto della corda del cardinale. Si narra che uno dei padri, intento a convertire un detenuto, parlandogli della grazia di Dio, non ottenesse che questa empia risposta: «Padre, se tu mi dài un carlino per comperarne tanta salsiccia, ti darò tutta questa grazia di Dio che tu mi hai offerta.»

Una lunga sequela di bandi, di ordinanze, di prammatiche dimostra che in que' tempi i misfatti della camorra si commettevano costantemente nelle prigioni e anche nelle città. Essa non era per anco divenuta, quale è oggi, una associazione unica o una confederazione di società alleate. Il nome di camorra non si incontra ne' documenti di quest'epoca; ma, se il nome non è ancora usato o almeno adottato nella prosa officiale e letteraria, si trova peraltro ne' malfattori di que' tempi la specialità de' reati, che distinguono la consorteria dai delinquenti comuni. Quel Giulio Monti, a mo' d'esempio, impiccato nel 1529 per ordine d'un altro cardinale vicere, per nome Colonna, null'altro era che un feroce scherano capo di matamori plebei, che sottoponeva a taglia e riscatti, nel bel mezzo del giorno, coloro che aveano affezione alle proprie orecchie. Il suo fratello Cola Giovanni, il quale subì la stessa pena, non avea altro mestiere se non quello di sviare, di strappare e di falsificare le procedure. (Parrino, Teat. Stor. dei Vicerè, vol. I, pag. 92.)

Alcuni bandi d'Annese, di Toraldo, di Guisa promulgati durante la insurrezione del 1647 ci mostrano l'abitudine radicata di imporre tasse arbitrarie ai cittadini, e le continue estorsioni di questi bravi, cui ancora non si dava il nome di camorristi. Ma l'esistenza della setta è chiaramente indicata in un opuscolo intitolato: Barlume di fatto e ragioni a prò di tre poveri soldati alemanni del reggimenti Odiveier, come sicarii e proditori ec. da porsi ai piedi di S. E l'Eminentissimo Althann. Manca la data di questo opuscolo; ma, a forza di pazienti ricerche, il signor De Blasiis è giunto a concludere che esso fu scritto nel 1726.

Dopo aver rammentato gli abusi e le esazioni dei soldati spagnuoli durante la loro dominazione, l'autore dice: «Ma quello che era peggio, che quei tali allora militari di sì corrotti e diabolici costumi tiravano seco buona parte di sgherri e malandrini del paese, che uniti con un altro infame genere di certi bastardi di soldati, chiamati giannizzeri, dalli stessi spagnuoli Idalghi e d'onore abborriti, li quali per vilissimi uffizi fatti avessero, tutti col Don appellavansi, col confondersi il nome di cavaliere tra i ribaldi, e male a quel povero cittadino che non li rispettava, sendone giunti sino a ritirarsi in chiesa, e con certi bigliettini componeano di consideranti somme i benestanti, minacciandoli in mancanza della vita.» Da questo brano non potrebbesi concludere che la compagnia della Garduna, fondata nel 1417 in Spagna, la quale offre tanti punti di simiglianza colla camorra, siasi stabilita co' conquistatori nelle due Sicilie, riunendo in una associazione formidabile i baratori di carte, i ladri delle vie, i tirannelli delle prigioni, e tutti i sanguinari del paese?

Rispetto alla camorra più mite, quella cioè che si esercita contro i poveri venditori sui mercati, noi la ritroviamo non solo negli antichi costumi, ma anche nelle antiche leggi. Esisteva in passato una classe infima di poliziotti, nominata uffiziali pubblichelle (prubbechelle in dialetto), che si facea lecito sotto diversi pretesti di imporre ai venditori di commestibili certe piccole tasse fraudolenti per coprire le loro contravvenzioni. Lo stesso diritto oggi viene percetto dai camorristi.

Tali sono le vestigia della setta che ho potuto rintracciare nei secoli scorsi. Ben si vede che sono ben piccola cosa; pure meglio che nulla; esse provano almeno che le violenze e le estorsioni degli scellerati, che in questi giorni hanno afflitto le città meridionali, erano già ne' costumi di questi paesi fin dal regno degli Spagnuoli. Ma nulla è stato trovato che aggiunga particolarità alcuna sul graduale organamento della setta. Avrei voluto rinvenirla e assegnarle una parte nelle tremende scene del 1799, perchè sarebbe stato per me immensa fortuna di farne responsabile una società di malandrini, e di assolverne così il popolo; ma tutte le mie indagini, forse insufficienti (amo sperarlo ancora), furono inutili. Ho picchiato a tutti gli usci, ho consultato gli storici della prima rivoluzione, coloro che più lungamente avean rovistato gli archivi, lo stesso Alessandro Dumas, che non avrebbe trascurato questa particolarità così pittoresca per la sua Storia de' Borboni; ma né i dotti né gli studiosi, né Dumas stesso hanno incontrato negli scritti del tempo o nelle memorie de' contemporanei l'ombra di un solo camorrista. Un vecchio carceriere mi ha detto di saper da suo padre, cui nell'ufficio era succeduto, che i patrioti napolitani, perseguitati sotto il cardinal Ruffo, erano stati riscattati nelle prigioni da uomini violenti, forse affiliati alla setta: nulla di più ho potuto sapere. E con questo ho finito di metter in evidenza la mia scarsa erudizione in tal proposito.

Forse qualche raggio di luce verrà dalla Sicilia. L'illustre generale La Marmora è stato così cortese da chieder per me al cavalier Monale, che ora governa l'isola, una relazione sulla formidabile associazione de' bonachi, ossia sulla camorra sicula. Malauguratamente questo rapporto è opera assai difficile, e richiede maggior pazienza e maggiore studio di questo mio lavoro. Dispero dunque di ottenerlo e rinunzio ad attenderlo. Forse sarà argomento di un secondo opuscolo, che in seguito offrirò ai miei lettori.

Per ora mi attengo al poco che ho detto, e mi conforto nel pensare che alcune particolarità di più aggiungerebbero poca cosa al fondo di questo studio. Non è già nei suoi precedenti storici che è mestieri ricercare le origini della camorra: fosse antica come il mondo, la setta avrebbe cessato di esistere se non avesse altre radici tranne le sue tradizioni, altre ragioni di essere tranne i suoi annali. Più vicino a noi, nel cuore del popolo, nella sua vita, troveremo la causa del male e, trovatala, potremo combatterla. Abbandoniamo dunque i libri: studiamo gli uomini, e cerchiamo di spiegare, non con ipotesi storiche, ma con ragioni sociali, il perchè un flagello simile abbia potuto sussistere sì lungamente in pieno secolo XIX, in mezzo a una popolazione intelligente, e sotto il monarcato di re cristiani.

VI

RAGIONI SOCIALI DELLA CAMORRA.

Progressi attuali del popolo – Suo demoralizzamento sotto i Borboni – La paura – I terrori dei letterati – Gli attendibili – I terrori degli stranieri – Le violenze militari – I terrori religiosi – L'inferno – I terrori di re Ferdinando – La persecuzione dei liberali – La camorra della polizia e la polizia della camorra – La colonia di Tremiti; dove passasse il danaro dei deportati – Perchè la setta fosse rispettata.

Quando il diritto del più forte regna in qualche luogo, a chi dobbiamo attribuirne la colpa? A chi lo impone, o a chi lo sfrutta? No: a chi lo tollera e a chi lo subisce. Quindi, se la camorra ebbe sì lunga vita a Napoli, dobbiamo accusarne il popolo e il governo.

Cominciamo dal popolo, e anzi tutto rendiamogli giustizia. Ha pregi veri e talune virtù, che non incontrai altrove, spinte fino alla passione; e la parola non è esagerata. Così il sentimento della famiglia, il rispetto ai vecchi, la venerazione filiale, per cui i figli conservano al padre e alla madre il titolo di gnore (signore), e consegnano ad essi, anche quando da fanciulli sono addivenuti uomini, tutto il danaro che guadagnano col lavoro: la veemenza negli affetti, la cieca devozione per gli amici, la tenacità negli amori, che uno sguardo solo basta talora ad accendere e che durano castamente per lunghi anni, fino a che l'amante, accumulando soldo a soldo, non abbia comprato il letto e ammobiliata la casa, ove ricevere la fidanzata sì fedelmente attesa: la carità infine sotto tutte le forme, le elemosine sì largamente distribuite, i soccorsi prestati senza interesse, l'adozione che fanno i poveri dei figli de' più poveri. Non cito che i fatti che vengono sotto la mia penna e che accadono tutti i giorni sotto i miei occhi.

Aggiungo che dopo la rivoluzione il popolo ha fatto progressi sociali notevoli. Coloro che hanno occasione di trattare con esso non lo riconoscono più, tanto l'aria vivida della libertà gli ha aperto l'intelligenza. Il lazzarone de' tempi andati, che dormiva per le vie e non chiedeva al re che di non abbandonar il suo sole, il vagabondo pittoresco più non esiste: il suo stesso nome quasi è scomparso dal dialetto, o almeno non è ricevuto che in mala parte: lo si dà, lo si respinge come un insulto. L'uomo del popolo ha preso il nome di popolano. Non porta più il costume leggero che gli si attribuiva nelle litografie: la camicia e i calzoni di grossa tela, il cappuccio o il berretto frigio di grossa lana, le calze e le scarpe di carne, come dice Cervantes. Questo semplice vestiario non si trova che qua e là fra i pescatori di Carmelo o di Mergellina. Il popolano non ha adottato la blouse turchina degli operai, ma indossa veste e sotto veste, e cuopre il suo capo di un piccolo berretto, o di un cappello di feltro, porta pantaloni che scendono fino ai piedi, calzati di cuoio, alla pari di ogni altro individuo. Lavora, lascia crescere i suoi baffi, impara a leggere, ha un'opinione politica, appartiene alla Guardia Nazionale. Gli schernitori ne ridono, gli artisti ne piangono, ma il popolo se ne avvantaggia (e questo è quel che monta), e il mondo progredisce.

Ma non ho parlato che del vestiario e di un certo progresso intellettuale della plebe: sarebbe ben piccola cosa questo progresso, se non si operasse anche nel suo carattere. Or bene: non credo farmi illusione, dichiarando che anche su questo proposito il popolo ha molto acquistato. Non consiglierei allo straniero, nei tempi che corrono, di bastonare con tanta facilità, come altravolta potea fare, il suo commissionario o il cocchiere del suo fiacre. La dignità individuale si è ritemprata in queste aure libere che dalle cime delle Alpi scendono fino alle falde degli Appennini. Ho veduto ieri co' miei occhi un popolano, il quale schiaffava un borghese azzimato, che lo avea colpito colla sua canna. Quando vi prendevate scherno di un semplice pescatore prima di Garibaldi, egli rideva stupidamente, quasi fosse schiacciato dal peso de' vostri sarcasmi. Ma oggi abbiate prudenza: sa parlare libero e rispondere franco: non ne abusate, vi replicherebbe e vi vincerebbe.

Mi spingo più oltre: ho notato nel popolo una certa energia collettizia che si è mostrata più d'una volta nelle occasioni importanti, e che a più riprese ha coraggiosamente espresso il voto nazionale. Ma dopo questo elogio meritato, che constata la felice influenza della rivoluzione, dopo questi sintomi di rigenerazione che ci fanno sperare le virtù di un popolo libero, sono costretto dal mio argomento a mostrare ciò che fosse collettivamente addivenuta questa plebe sotto il governo demoralizzatore de' Borboni. Già lo accennai nel mio opuscolo sul Brigantaggio: lo ripeto oggi per porre in luce le vere cause della camorra. Dopo la caduta di Murat fino al governo di Garibaldi, Napoli fu governata da un tiranno, più assoluto, più degradante, più tristo, più fatale della sequela di pessimi monarchi, che durante questo mezzo secolo ascesero il trono già tarlato di Carlo III: e questo tiranno, che spense le intelligenze, avvilì gli spiriti, corruppe le coscienze, tenendo il popolo sotto la più brutale e la più inesplicabile oppressione, fu la paura!

E per non trovarmi in dissenso con alcuni patrioti un po' suscettibili, specialmente col deputato Antonio Ranieri, napolitano per eccellenza, che mi ha vivamente rimproverato queste asserzioni, ripeto che parlo del popolo napolitano sotto i Borboni, senza risalire più su nella sua storia. Non ho dimenticato nè la rivoluzione di Masaniello, nè le trenta o quaranta insurrezioni della fedelissima Napoli. Riconosco che in questo paese tutte le ribellioni fortunate scoppiarono nelle vie, e so che l'opposizione de' lazzaroni impedì alla inquisizione di esser feroce contro di essi. Infine, come prova suprema e terribile dell'energia popolare, ho appena bisogno di ricordare gli inesorabili furori del 1799!

Ma dopo la Restaurazione, questa vitalità a poco a poco venne meno, non calmata, ma doma da una strana oppressione, che usò violenza agli animi senza raddolcirli. Un fitto velo venne steso sul popolo napolitano, un vapore pestilenziale lo avvolse e lo assopì. Ho veduto questo paese prima e dopo il 1848: vi sono tornato spesso dopo lunghi soggiorni all'estero: nulla varrebbe ad esprimere l'isolamento morale, in cui io mi trovava tornando di Francia o di Germania. Era sempre lo stesso golfo, lo stesso ardente Vesuvio, colla sua cresta di fumo, co' suoi colori rosei e turchini, ove scorgevo Sorrento al cader del sole, come un vago giardino posto in mezzo a questa costa rotonda, ripiena di sinuosità innumerevoli fra la serenità del cielo e la limpidezza delle onde. Ma, voltate le spalle al panorama per guardar gli uomini, voi cadevate in una tristezza e in uno stupore desolante. Trovavate un popolo isolato dall'Europa intiera, straniero a tutte le questioni che agitavano i due mondi, imprigionato in una splendida cella, ove non entravano nè le idee, nè le credenze, nè le conquiste materiali del secolo nostro. Se, per avventura, in un luogo pubblico dicevate una parola intorno ai grandi avvenimenti contemporanei, la folla si allontanava da voi, come da un provocatore sospetto, assoldato dal commendator Luigi de' baroni Aiossa. Vi erano, è vero, uomini istruiti, splendide intelligenze fra questa moltitudine ottenebrata e velata da una triplice nube, ma dovevano ricorrere, per vivere in Europa, a sotterfugi, che avrebbero stancato la pazienza di un benedettino, e l'astuzia di un contrabbandiere. Per mezzo delle legazioni straniere aveano giornali, riunivano libri che andavano a cercare sotto i letti de' librai, i quali li ricevevano per contrabbando, e li rivendevano a peso d'oro: poi scavavano nascondigli nelle mura delle loro camere per ricettarvi prudentemente i frutti illeciti e proibiti. Infine nascondevano colla maggior cura la loro scienza, il loro ingegno, consacrando il loro zelo a farsi dimenticare, e chiedendo a Dio di restare sconosciuti o disconosciuti per liberarsi col favore dell'oscurità dalle persecuzioni della polizia.

Ma, prima di acquistar la fiducia e la intimità di uomini siffatti, occorreva superare muraglie di bronzo. Non aprivano il loro animo che ad amici da lungo tempo esperimentati per comunanza di sofferenze e di privazioni. In pubblico e dinanzi agli indifferenti simulavano l'ignoranza de' lazzaroni o l'imbecillità di Bruto. Ogni nuovo capitolo era sospetto, e le conversazioni finivano al suo ingresso, o svanivano in ciarle frivole sui balli del giorno innanzi, o sull'opera che si rappresentava la sera. Una diffidenza cautelata ghiacciava le relazioni, e isolava le intelligenze. Gli uomini eminenti si formavano a parte, nell'ombra e nell'isolamento, eroi viventi sorti da sè medesimi nella terra de' morti.

Ahimè! nulla invento! pure questi tempi sono già così lontani da noi, che forse mi si accuserà non di ritrarre dal vero ma di creare colla mia fantasia. Invoco però la testimonianza di tutti quanti furono detenuti in Napoli dal 1848 al 1869: essi vi diranno unanimi che la loro povera mente, estenuata dalla astinenza, declinava d'ora in ora e avrebbe finito per morire di sfinimento. Invoco la testimonianza di tutti coloro che non ebbero la fortuna dell'esilio in un paese libero, e che furono inviati qua e là nelle città o nelle provincie, confinati in una borgata, isolati sopra una montagna con proibizione di uscirne: tutti sorvegliati, spiati, denunziati, respinti dalla popolazione, che si allontanava da essi con spavento, temendo di compromettersi. Chi è quell'uomo che cammina solo in campagna, colla testa bassa, che le guardie campestri accompagnano con uno sguardo inquieto e geloso: forse un evaso dalle carceri? no: è un uomo dotto, e quindi un attendibile, ossia un sospetto: sospetto vuol dir lebbroso: allontaniamocene!

Invoco infine per testimonianza que' trecentomila attendibili, che vissero dodici anni sotto questa abbominevole persecuzione: diranno essi se esagero.

Già si comprende, dal poco che ho accennato, con quanta violenza regnasse la paura nell'antico Stato delle due Sicilie. Ho veduto molti paesi ove il potere era temuto, ma in nessuno notai simili angoscie. A Roma la malizia popolare avea il coraggio di affigger pasquinate contro i cardinali. A Firenze l'opposizione de' letterati avea un centro di riunione in casa di Giampietro Vieusseux, e resisteva al dispotismo snervante di una autocrazia temperata dalla mansuetudine. A Milano la fibra nazionale, costantemente eccitata, vibrava sempre come vibra tuttora a Venezia, e il popolo non lasciava fuggire un'occasione per mostrare il suo odio contro gli stranieri. Ma Napoli era caduta in tale stato di prostrazione, che era giunta a temer più della rivoluzione che della tirannia. Ogni qualvolta un moto scoppiava in una provincia vedevansi impallidire quelli stessi che più esecravano il Governo. Le memorie tuttora fresche del 15 maggio 1848, delle case atterrate a colpi di cannone, saccheggiate, bruciate, non dai rivoltosi, ma dai soldati del re; il regime tremendo che avea seguito tali violenze; la città in preda all'oppressione militare, le barbe tagliate a colpi di sciabola, i borghesi aggrediti nelle loro carrozze dai soldati che vi si assidevano in luogo loro; i primi cittadini di Napoli, gentiluomini, deputati, antichi ministri, incatenati e trascinati per le vie fino alle prigioni, poi detenuti per quattro anni senza processo, poi condannati a morte, e in ultimo, per grazia, gettati nelle galere: tutte queste barbarie (e passo sopra a molte, nè narro le bastonate, le torture, la cuffia del silenzio) aveano impaurito il popolo fino al punto di togliergli il senso politico e il senso morale. Quando voi parlavate del 1848 a un borghese, egli vi rispondeva di non ricordarsene più. E Ferdinando II in tutti i giornali letterari, i soli che allora fosser tollerati, era il monarca augusto, clemente, pio, adorabile. Ho conosciuto uomini che scrivevan ciò senza arrossire: li conosco ancora: essi non hanno cambiato stile o epiteti: soltanto scrivono Vittorio Emanuele dove scrivevano Ferdinando II.

Ma non ho parlato fin qui che di politica. Coloro, che non se ne occupavano, erano almeno scevri da simili terrori? Niente affatto. Gli stranieri stessi, particolarmente protetti da' loro ministri, impallidivano come gl'indigeni in faccia a un gendarme, o ad un aguzzino. Quando li interrogavate sullo stato del paese, rispondevano che non se ne interessavano, o vi replicavano con questa frase singolare, che ho udita mille volte: qui non v'è da temere, basta non occuparsi del Governo. E ho veduto negozianti e industriali esteri, onorevolissimi, comprare i ritratti del re e della regina, i loro busti in gesso, le loro statuette in bronzo e in terra cotta, e distribuirli ovunque nelle loro officine per non esser sospetti di liberalismo. Altri trafficanti, a ciò autorizzati, smerciavano in tutto il regno, vendendole a caro prezzo, queste immagini di devozione. – Ecco un'altra varietà di camorra, che merita di esser notata! Coloro che si rifiutavano di comprare erano segnalati per demagoghi, e il mercante avea la cortesia di avvertirvene.

Mi ricordo che una sera in tempo pacifico, in un viale oscuro della Villa Reale, un viaggiatore ancora nuovo a Napoli fu arrestato da un granatiere del re. Questo militare apparteneva al posto vicino, destinato a mantenere l'ordine nel giardino pubblico. Il viaggiatore camminava tranquillamente per aspirare la brezza marina, che gli giungeva a soffi a traverso le querci. Il granatiere lo aggredì colla sciabola snudata, e lo derubò del suo danaro.

«Credete a me;» diceva l'indomani un forestiere domiciliato a Napoli al nuovo arrivato, che sputava fuoco e fiamme: «credete a me, caro signore, non vi lamentate troppo: lasciate che l'affare vada dimenticato. Non otterreste giustizia, e rischiereste di mettervi in un brutto imbroglio.»

Moltiplicherei volentieri simili esempi, che entrerebbero nel piano del mio lavoro, se non rischiassero di estenderne di troppo i limiti. Mi preme di istallare il lettore in questo paese, acclimatarlo con questi costumi, onde mostrargli quali sieno i veri nemici che l'Italia deve combattere, e quale compito tremendo, quale missione sacra essa debba comporvi. Queste particolarità mi dispenseranno più tardi dall'erigermi in saggio Mentore e dal dare lezioni al Governo del regno nuovo. Io gli mostro dove è il male: è lo stesso che dirgli dove egli debba colpire.

Il male è la paura. Noi la vediamo ogni giorno nelle Provincie, seguendo la storia monotona del brigantaggio, che infierisce sempre con le stesse bande capitanate dal medesimo capo, a malgrado dello zelo e del valore delle truppe italiane. Quali sono i luoghi continuamente maltrattati e minacciati dai malfattori? Quelli forse, ove il re decaduto conta maggior numero di partigiani? Niente affatto: il re decaduto non conta partigiani che in Roma, e sono quasi tutti Spagnuoli. I luoghi più devastati sono quelli ove si trovano in maggior numero i furfanti per spogliare i loro vicini, e in maggior numero i poltroni per lasciarli fare. Ecco il perchè le Calabrie in questi ultimi tempi sì poco ebbero a soffrire dal brigantaggio. I Calabri sono uomini coraggiosi.

Questo terrore abilmente accresciuto non era tanto un'arme politica nelle mani di colui che regnava per grazia di Dio, quanto anche il solo freno possibile agli eccessi delle due calamità che si volean conservare, l'ignoranza e la miseria. Ricusando al popolo i mezzi d'incivilirsi, cioè l'istruzione e l'agiatezza, era pur mestieri sostituire qualche cosa a questi elementi conservatori, che ne' paesi liberi impediscono alla società di perire. Soffocando la coscienza popolare, era pur mestieri sostituirle, una barriera qualunque per infrenar le passioni sbrigliate e contenerle almeno nelle apparenze della disciplina. Or questa barriera fu il terrore; e in ciò il clero assecondò divinamente la politica del re di Napoli. Ho assistito molte volte a prediche all'aria aperta, spettacoli religiosi che si offrivano ogni domenica al popolo; ho spesso ascoltato i sermoni incredibili di questi istrioni in abito nero, che saliti sopra degli sgabelli, mostrando alle loro spalle grandi immagini, agitando catene, brandendo crocifissi, dimenandosi in ogni senso con una specie di furore febbrile, divertivano o irritavano una frotta di uditori cenciosi con imprecazioni miste a ignobili pagliacciate: duplice sacrilegio, che offendea insieme e la mitezza e la gravità della religione. Or bene! in tutte queste orazioni, su tutte quelle immagini, in tutte quelle scene devote, e anche ne' discorsi più serii recitati nelle chiese a fedeli un po' meglio vestiti, ho trovato una cosa soltanto: l'inferno. L'inferno era il dogma principale del popolo napolitano. Io non giurerei che tutti i lazzaroni de' tempi scorsi credessero a Dio, ma senza fallo credevano tutti quanti al diavolo. Col terrore delle pene eterne essi erano mantenuti in una mezza probità, e quel terrore era il fondo di ogni morale, la bilancia di ogni virtù. Non si diceva ad essi per impedir loro di commettere una cattiva azione, che quella era un'azione cattiva, ma si diceva che era peccato mortale. Non osando invocare per la causa del bene quei motivi personali che l'eresia chiama coscienza, e la filosofia ragione (nuovità fatali che avrebbero potuto emancipare il popolo, infondendogli il sentimento della umana dignità), si gridava dall'alto de' pergami: Se tu fai questo, cuocerai in caldaia bollente ove, se vorrai uscirne, sarai respinto da forche di ferro infuocate, di cui saranno armati molti piccoli demoni. Da qui tutta la fantasmagoria sinistra, della quale si servivano i preti per spaventare le anime; da qui que' quadri schifosi dove si vedeano le contorsioni de' condannati al fuoco eterno; da qui le campanelle lugubri, da lungi annunzianti il viatico ai moribondi, già morti per la paura; da qui le barbare macerazioni inflitte e accettate dai penitenti per evitare il fuoco eterno dopo la morte; da qui quel Dio spavaldo fatto all'immagine del Governo di Napoli, Dio di odio e di collera che si sostituiva al nostro, Dio crocifissore che prendeva il luogo del Dio crocifisso!

Inutile dire che pongo da banda i grandi caratteri e le grandi intelligenze formatesi nell'isolamento e nell'ombra in questo tempo di decadimento e di disscluzione, e che non comprendo i soldati ostinati, le vittime invincibili, gli eroi e i martiri nell'universale degradamene dell'ultimo regno. Parlo delle masse, e affermo che in esse il legame sociale, politico, religioso era spezzato dal terrore. Le forze vive del paese, alla pari delle intelligenze, si perdevano o si consumavano, perchè disperse troppo e isolate. Non era possibile coesione alcuna: l'autorità proibiva perfino le riunioni per giuocare agli scacchi. Forse ne' pedoni mossi contro i re scorgeva non so quale allegoria perigliosa. Dal che emergeva che in tutte le classi popolari qualsiasi associazione non potea formarsi contro la preponderanza de' tristi. Gli individui erano dispersi, e questo popolo di solitari non opponeva alcuna resistenza collettizia alle oppressioni delle minoranze influenti e violente, che sole organate dominavano e trionfavano impunemente. Tale fu, se non la origine, la causa reale della camorra di mille specie, che sotto diversi nomi gravava potentemente su tutte le caste. Alla Corte era la camarilla di cui narrai le imprese: nel popolo la setta di cui già mostrai la possanza. Gli uomini d'energia nella feccia de' Napolitani eransi associati contro la moltitudine inerte, degenerata, esterrefatta. Fu un governo indipendente, qualche volta officioso che imitava le consuetudini del governo officiale, e alla pari di lui regnava per il diritto del più forte. Da ciò tutto quello che ho fin qui narrato: questa magistratura, questa amministrazione, questa polizia, quest'armata, questo Stato completo, stabilito nelle prigioni, nelle vie, che sfidava ogni potenza, perchè in sè riassumeva tutta quanta l'energia popolare a servizio del male. Così la camorra fu conservata per colpa di coloro che, non osando o non potendo associarsi per distruggerla, la subirono.

Ma fu conservata eziandio per colpa del governo che la tollerò. Ella ebbe nella debolezza del potere un ausiliare così potente quanto la debolezza del popolo.

La debolezza del potere: questa è un'opinione che per molti lettori sembrerà strana e nuova. Molto si è scritto contro il monarcato e contro la dinastia di Ferdinando, ma niuno potè accusarlo di esser debole. Tuttavolta, ove si voglia leggere la storia senza preconcetti e meditarla senza passioni, è forza concordar meco che non v'ebbe mai governo forte nel regno delle due Sicilie!

Non amo risalire al medio evo e ricordare tutte le dinastie cadute dopo la conquista di Roberto Guiscardo: principi Normanni, Svevi, Angioini, Aragonesi, Austriaci, Borbonici, Napoleonici, sempre stranieri, sostenuti da forze straniere. Lascio da parte il monarcato così travagliato del primo Ferdinando, cui la rivoluzione e l'Impero tolsero il trono, e il monarcato di Francesco I che durò solo cinque anni, il tempo, cioè che occorreva per render completa la ruina di questo paese. Io comincio il mio esame dal 1830, e noto soltanto che fino a quest'epoca non era corso nelle Due Sicilie un mezzo secolo di possesso tranquillo, di dominio regolare, di politica omogenea, di governo popolare e nazionale.

Ferdinando II ascese il trono a venti anni, e regnò per trenta. Come li impiegò? Nel difendersi. Avea spirito e criterio: conosceva il paese e gli uomini: dopo un quarto d'ora di colloquio, avea già indovinato il nuovo ministro che eragli condotto. Dotato di memoria prodigiosa, sapeva a mente la biografia completa di quanti nel suo regno poteano servirlo o avversarlo: bastavagli di vedere una fisonomia, di udir un nome per una sola volta per non obliarli mai. Pieghevole, astuto, rotto agli affari, amabile, piacevole e famigliare; avea le apparenze di un buon uomo; avea anche delle virtù, quelle virtù di famiglia che valgono sempre ai principi le simpatie degli onesti. Tuttavia non fece che del male, perchè egli fu simile ai suoi sudditi; ebbe paura per tutta quanta la sua vita.

Senza questo inesplicabile terrore avrebbe potuto sostenere un bel compito nella storia, e forse prevenire Vittorio Emanuele. Salito ch'ei fu sul trono, venne da ogni lato spinto nella via diritta. Luigi Filippo lo consigliò ad emancipare il suo popolo: un giovane liberale mostrò ai suoi occhi l'Italia dell'avvenire riunita tutta quanta sotto il suo scettro. L'idea lo colpì; e fu notato che per alcuni giorni rimase meditabondo e preoccupato: si credè che egli avesse compreso il programma e che avrebbe osato.... Comprese, ma non osò. Il giovane credente non ottenne una parola di risposta. Luigi Filippo ricevè una lettera fredda, breve, netta, in cui il giovane monarca dicevagli: Sarò re solo, e sempre!

Da quel tempo, lo ripeto, non pensò che a difendersi, ed ebbe paura per tutta la sua vita. Ebbe paura del popolo, e non volle istruirlo e rialzarlo: ebbe paura della scienza, e la proibì ne' suoi Stati: ebbe paura della stampa, e la tenne in freno tanto quanto non lo fu mai in qualsiasi governo: ebbe paura del progresso, e lo arrestò alle frontiere e lo pose in quarantina sotto qualunque forma si offrisse all'ispezione de' gendarmi o de' doganieri (mi rammento io questo proposito che fu mestieri ricorrere alle protezioni di un principe reale, per permettere la introduzione de' primi istrumenti di fotografìa, i quali erano considerati come macchine infernali); ebbe paura delle strade, dei fari, degli ospizi, delle scuole, di tutte le innovazioni, di tutte le riforme, e visse trent'anni sul trono studiando sempre i mezzi di mantenervisi.

Ecco il segreto di questo abbominevole regno. Ferdinando creò una marina ed un esercito, terribili contro i borghesi disarmati; fortificò Gaeta, passò continuamente le truppe in rivista, atteggiandosi con un certo grado di abilità a soldato; per maggior cautela si circondò di Svizzeri, che erano fedele guardia alla sua porta: dopo di che, non sembrandogli di essere abbastanza sicuro, ad onta della sua eccellente artiglieria, organò una polizia formidabile contro tutti coloro che gli facevan paura. Nè erano i ladri o i briganti, che non aveano opinioni politiche; usava riguardi ai primi, concedeva pensioni ai secondi (a Talarico per esempio), li relegava in un'amena isoletta, o li lasciava in libertà. Ma i liberali erano inseguiti e perseguitati con infaticabile ardore. Tale fu l'opera moralizzatrice impresa e compiuta da re Ferdinando. Non trattavasi di sradicare gli abusi, ma piuttosto di preservare quelli che potevano tornar utili alla conservazione del trono. Non si pensava in guisa alcuna a trarre la plebe dal suo avvilimento; anzi si desiderava di mantenervela fino alla fine dei secoli, ben sapendo che la monarchia assoluta non è possibile, nei tempi in cui viviamo, se non in un popolo snervato e degradato. La camorra non potea quindi esser trattata da Ferdinando come nemica. Prima del 1848 essa non si era occupata del governo: non lo avea combattuto, e neppure molestato. A che muoverle contro? Fu lasciata tranquilla, tanto più volentieri perchè non si amava averla nemica. I camorristi, lo notai, erano plebei energici. Quindi meritavano riguardi dal governo sempre dominato dalla paura.

D'altra parte essi rendevano servigi alla polizia: si vuole anche che ne facessero parte. Ho nelle mie mani appunti molto curiosi, scritti da un camorrista pentito, il quale forniva ragguagli singolari intorno alle relazioni della setta coll'antica prefettura di Napoli. Secondo questi appunti divisi in articoli, e colla forma di un codice segreto della camorra, la setta era posta, a' tempi dei Borboni, sotto la sorveglianza della polizia. All'indomani della sua elezione, il nuovo affiliato presentavasi al commissario del suo quartiere, e chiedevagli un'udienza particolare: «Voi vedete» gli diceva «un nuovo operaio che ha ricevuto la proprietà.» E dopo ciò gli dava dieci piastre. Il commissario trasmetteva la notizia al prefetto di polizia, il quale in capo ad un mese riceveva una mancia di cento ducati.

Nè basta. Il prefetto non limitavasi a prender la sua parte di barattolo, ma presiedeva anche all'organamento della società segreta e nominava egli stesso i capi dei dodici quartieri, ciascuno de' quali avea una provvisione di cento ducati (425 lire italiane) al mese, pagata sui fondi segreti della polizia. In ricambio i funzionari governativi incaricati di vegliare alla pubblica sicurezza non sdegnavano di riempire le loro tasche con il denaro estorto ai poveri da questi malandrini a ciò autorizzati. Quando si divideva il Carusiello, un terzo dei benefizi era religiosamente portato al commissario, che a sua volta lo divideva coll'ispettor di servizio e col caposquadra. E ciò avveniva nei dodici quartieri e durante tutto il felicissimo regno di Ferdinando II.

Questo affermano gli appunti del camorrista. Malagevole mi riesce dire qual valore essi abbiano. A loro vantaggio posso aggiungere che sono frastagliati da altre notizie, delle quali ho esperimentato l'esattezza. Ma debbo però notare che ho consultato i meglio informati sia nella questura, sia negli antichi uffici del ministero dell'interno, e ne ebbi in replica che ignoravano queste relazioni della setta colla polizia. Un impiegato mi ha detto: «Se fosse vero ciò, noi lo sapremmo.» Un altro più modestamente ha soggiunto: «Noi nulla ne sappiamo, ma può essere.»

Comunque siasi, la camorra fu rispettata, usata spesso sotto i Borboni fino al 1848. Essa formava una specie di polizia scismatica, meglio istruita sui delitti comuni della polizia ortodossa, che occupavasi soltanto dei delitti politici. Quando un furto importante avveniva in un quartiere, il commissario chiamava a sè il capo dei camorristi e lo incaricava di trovare il ladro. Il ladro era sempre trovato, salvo il caso che fosse il capo dei camorristi.... o il commissario.

Inoltre la camorra, come ho già notato, era incaricata della polizia delle prigioni, dei mercati, delle bische, dei lupanari e di tutti i luoghi mal famati della città. Estorceva denaro ai viziosi, ma impediva lo scandalo. Talvolta assassinava per conto proprio, ma pure interveniva nelle risse e faceva riporre nella guaina i coltelli. Oggi ancora, dopo tutte le persecuzioni che hanno subite, questi bizzarri malandrini servono, non dico la questura che loro fa guerra, ma i particolari che li richiedono di soccorso. Conosco un vignaiuolo dei dintorni di Napoli, che un bel mattino svegliandosi seppe di essere stato derubato; nel corso della notte eragli stato tolto tutto il danaro. Fece subito la sua denunzia non al delegato del quartiere, nè al brigadiere della vicina caserma (perchè ormai è costume preso sotto i Borboni di non tener in conto la polizia legale); sì egli corse in una taverna qualunque, e riconoscendo il camorrista del luogo al suo portamento fiero e agli anelli ond'erano piene le sue dita, gli fece la sua querela, e gli promise una generosa mancia ove il danaro fosse stato ritrovato. E lo fu.

Facile è ora intendere la tolleranza dell'antico regime di fronte ad una società tanto utile. Però mi si afferma che, quando un camorrista commetteva qualche atto troppo violento, era deportato o piuttosto relegato nell'isola di Tremiti, in mezzo all'Adriatico. Il Governo vi avea fondata una colonia penitenziaria, ottima idea, ma pessimamente attuata e con tal negligenza o mal volere che questo istituto non potè moralizzare o correggere alcuno: anzi eccitò i cattivi istinti lasciati in loro balìa e aumentò la degradazione e l'abbrutimento dei giovani delinquenti. I fuorviati, colà mandati, vi si perderono. Si pensò anche a ricondurli al bene coll'influenza della famiglia, e a tale effetto, relegando fra essi delle meretrici, si costrinsero a matrimoni che non ho bisogno di qualificare: ne resultò la più abominevole anarchia morale. Tale fu la celebre colonia di Tremiti.

Vuolsi ora conoscere ciò che divenissero i deportati o i relegati (per chiamarli col loro nome) quando, dopo le meretrici, per compirne la educazione, vi furono inviati i camorristi?

Ogni relegato riceveva dieci soldi al giorno. Il camorrista ne prendeva anzi tutto uno, il decimo, per suo conto: due soldi per la cassa comune, religiosamente conservata. Restavano sette soldi che il relegato spendeva a suo piacere. Il povero disgraziato inviato alle isole (perchè la colonia di Tremiti non era il solo luogo di deportazione, essendo tutti gli scogli sparsi in mezzo al mare abitati da condannati più o meno colpevoli), il povero disgraziato, io diceva, senza lavoro, senza cure, senza sorveglianza, non avea che una distrazione possibile, il giuoco. Giuocava i sette soldi che gli restavano, ma sotto la vigilanza del compagno, il quale trovavasi sempre presente, e sorvegliava tutte le ricreazioni, e prendeva un decimo sulle scommesse, per ricompensa alle proprie fatiche. Le partite si moltiplicavano, perchè le giornate erano lunghe e i giuocatori intemperanti: la fortuna variava: coloro che in principio avean vinto perdevano in seguito, ma l'esattore immobile, nulla rischiando, vinceva sempre. Alla fine della giornata, decimo per decimo, i sette soldi de' relegati erano passati nelle tasche del camorrista.

E per sovrappiù dovevano esser grati al tiranno che salvava parte della loro provvisione: i due soldi cioè, che custodiva nella cassa comune. Senza questa cautela gli sventurati sarebber morti di fame, dacchè non avevano altre risorse. Con que' due soldi doveano vestirsi e nutrirsi: il rimanente apparteneva alla camorra. La setta si arricchiva soprattutto co' poveri, perchè li teneva nelle sue mani, prima co' vizi, poi co' loro bisogni. Facimmo caccià l'oro dai piducchi, mi diceva cinicamente un camorrista.

Più, lo ripeto, la setta non fu perseguitata prima del 1848, perchè non si occupava di politica. Ho citato nel primo capitolo un ritornello di una canzone dei camorristi, che lo prova evidentemente. Un vecchio cospiratore membro di tutte le società segrete mi ha confermato questo fatto, che aveagli recato meraviglia. Mai, egli mi ha detto, ho incontrato fra i carbonari un camorrista. In ricambio, molti ne ho trovati fra i frammassoni.

E questo dico in linea di semplice notizia, senza alcuna malevolenza rispetto ai frammassoni, de' quali ebbi sempre egregia opinione.

VII

LA CAMORRA POLITICA.

1848 – I popolani liberali – 1859 e 1860 – Come i camorristi cospirassero – La politica delle piastre – Francesco II e la costituzione – La polizia di Don Liborio – I servigi della setta – Il disinteresse del Persianaro – Napoli garibaldina – Grandezza e decadimento de' camorristi – Il contrabbando di terra e di mare – È roba d'o si Peppe – Il commendatore Silvio Spaventa – Persecuzione della camorra – Dimostrazioni, fischi, denunzie, estorsioni ec. – Il bel garzone – Le quattro evoluzioni della setta.

Giunse finalmente l'esercito della demagogia come dicevasi alla corte di Gaeta, e come dicesi tuttora in quella di Roma. In realtà non conosco moto meno demagogico di quello del 1848 a Napoli. Preparata da lunga pezza con de' libri, affrettata dalla splendida esaltazione di Pio IX, quella rivoluzione, se pur fu tale, avvenne senza trarre una spada, mediante una semplice dimostrazione di galantuomini. La plebe parteggiava per la monarchia assoluta. Nella insurrezione del 15 maggio, le barricate furono difese da eroici giovanotti, tutti di buone famiglie. Prese che furono, la canaglia, è vero, saccheggiò la città, gridando Viva il re!

In seguito si andò formando una plebe liberale, e il quartiere di Montecalvario, uno fra i più popolari, parve acquistato al partito rivoluzionario. Una dimostrazione sanfedista essendo stata organata dagli abitanti della spiaggia di Santa Lucia, una contro dimostrazione costituzionale scese dagli alti quartieri per rispondere a quella sciagurata provocazione. Le due bande si cozzarono nella via di Toledo: si scambiarono molte grida, alcuni colpi, ma la polizia intervenne, e cacciando gli aggressori, imprigionò gli altri. Da quel giorno vi furono alcuni popolani liberali.

D'allora, e durante i dieci anni della tremenda reazione che la storia non ha per anco abbastanza stigmatizzata, il piccolo numero di uomini politici, che non erano stati condannati all'esiglio o alle galere, o non erano stati assunti al potere (mezzo migliore per perderli) e che erano rimasti in Napoli, ebbero il coraggio e la pazienza di cospirare ancora e senza posa; per dodici anni, vinti sempre, ma sempre pronti a battagliare, questi infaticabili combattenti cercarono di crearsi un sostegno nel popolo. Opera difficile, non perchè fosse mestieri combattere idee avverse, ma perchè le idee nel popolo mancavano: Indifferente, intimidito, egli non si occupava di politica; avea la libertà che gli bastava (oggi negatagli dalle nuove istituzioni), la libertà della piazza. Poteva mendicare, trafficare, far la sua siesta, i suoi affari, vestirsi, amoreggiare in mezzo alle vie, mangiare, digerire, dormirvi: egli non chiedeva altra cosa: poco gli importava di essere cittadino o suddito.

Contro tale apatia che fare? O presto o tardi si spezzano le opposizioni formidabili, ma il vuoto non offre presa. Si supera una difficoltà, si passa una montagna, ma si rimane impantanati in un padule. La rivoluzione, che avea fallito nel 1849, rimase nelle secche dell'inerzia del popolo.

In questa forza stagnante non eravi che un gruppo vivente, i camorristi. Essi soli conservavano tuttora un po' di quella energia, che aveva sollevato le moltitudini, prima e dopo Masaniello: inoltre erano i capi riconosciuti dalla plebe. La loro autorità si stendeva, lo dissi altra volta, sopra i dodici quartieri della città, e sebbene non si esercitasse specialmente che sopra la popolazione ondeggiante de' luoghi infamati, delle prigioni e de' bagni, non era per questo meno subìta, ossia riconosciuta dalla generalità della plebe. Ricordo che la setta si sostituiva non solo alla polizìa, ma alla magistratura, e che allorquando due lazzaroni avevano degli odii l'un contro l'altro, ricorrevano al camorrista, meno caro e spesso più giusto del giudice di pace. Ora essendo imbastardita l'aristocrazia, impaurita la borghesia, disperso il partito liberale, esiliati, confinati nelle provincie o detenuti nelle galere i patriotti, nelle mani del re l'esercito, a' piedi di lui il clero, alla porta del suo palazzo gli Svizzeri, ostile ai Borboni la Francia, ma paralizzata dall'Inghilterra paurosa delle memorie di Murat, e quindi favorita da tutte queste circostanze la dinastia Borbonica, inflessibile nell'immobilità della sua tirannia, i cospiratori disperati dissero a sè medesimi non esservi che un solo mezzo da sfruttare, e tesero le mani ai camorristi.

Fra questi: audaci furfanti che si assumevano qualità di capi del popolo e un gentiluomo napolitano, che non ho bisogno di nominare, ebbe luogo un colloquio. Eransi dati appuntamento in un quartiere lontano, dietro l'Albergo de' Poveri. Vi si condussero con precauzione, col cappello che cuopriva la lor faccia, giungendo l'uno dopo l'altro, e avvicinandosi ai primi arrivati con un certo segno che facean con le labbra e che somigliava al rumore di un bacio, ed era il segnale di riconoscimento. Riuniti che furono, cominciarono a demolire il governo.

Ma i camorristi aveano la coscienza della loro forza: cominciarono dunque per lamentarsi e per porre le loro condizioni. Rimproverarono al gentiluomo (cosa incredibile!) la rivoluzione del 1848. Gli dissero ciò che ho già notato, che questo moto non era scoppiato nel popolo e per il popolo: che i borghesi letterati e ben vestiti non aveano pensato che a loro stessi, lasciando da parte la povera gente: che, se un nuovo cambiamento dovea avvenire, la santa canaglia non intendea abbandonarne i vantaggi a coloro che aveano già delle piastre; che infine era mestieri di danaro, di molto danaro, per suscitare una rivolta, e che, per cominciare, ogni capo popolo, vale a dire ogni capo camorrista, esigeva una gratificazione di dieci mila ducati.

Questa pretesa diè a comprendere al gentiluomo, che la causa eterna dell'incivilimento e dell'umanità non era precisamente il punto capitale die' camorristi. Lamentò di essersi lasciato condurre ad una conferenza con uomini troppo pratici, i quali non vedevano la questione che da un solo lato, e tanto più ebbe da lamentarsene, perchè da quel momento cadde nelle mani di quei tristi, che gli imposero forti riscatti.

Ognuno di essi ricevè provvisioni fisse, regolate a seconda del numero degli uomini che rappresentava, imperocchè in questa cospirazione, che non scoppiò mai, ogni iniziato rappresentava un certo numero di uomini. Eranvi de' decurioni, de' centurioni, che si riconoscevano a un segnale in carta pecora che portavano sopra di essi; questo segnale in cui leggevasi la parola Ordine (era la parola del comitato segreto) non era per gli uomini della camorra che una lettera di cambio permanente. La setta si diceva liberale e preparava ogni giorno una dimostrazione ostile al governo, ma si limitava a prepararla. Non mirava che alle piastre. Eranvi tuttavia alcune persone di buona fede fra i compagni, in specie una donna, la si Giovannara, che, senza essere affiliata alla società, ne conosceva tutti i membri e li riuniva in casa sua in conciliaboli assai pericolosi. Essa avea dichiarata la guerra alla polizia, accoglieva i plebei sospetti, nascondeva i disertori, faceva del rumore e del bene per la buona causa. D'altra parte, checchè possa dirsi, questa agitazione popolare era utile, perchè spaventava il governo. Si era così tratta dalla guaina una spada da parata che non faceva molto male, ma che il re Francesco II considerava con terrore, credendola sospesa sulla sua testa. Gli eruditi che lo circondavano gliela rappresentavano come una spada di Damocle. Questo trono tarlato non era più sostenuto che dal fantasma di Ferdinando, e si sfasciò da sè stesso quando un'ombra di rivoluzione venne a sostituirsi a quest'ombra di tirannia.

In questo periodo di dissolvimento, dalla fine del 1859 al principio del 1860, avvennero casi incredibili. Da un lato i camorristi, come ho osservato, riscattavano i cospiratori; e quando il gentiluomo, di cui ho tenuto proposito, arrestato senza mandato, detenuto senza spiegazioni, condannato senza processo, fu esiliato da Napoli, si presentarono sfrontatamente agli altri iniziati, a loro ben cogniti, e richiesero loro la camorra politica. Io ho parlato non ha guari con una delle loro vittime; era un povero diavolo, che dovè indebitarsi fino agli occhi per trovare de' ducati: ogni decurione ne esigeva quattro per giorno.

D'altra parte il signor Aiossa, che dirigeva la polizia, invece di usar riguardi e di comprare questa banda di furfanti che rovinava i cospiratori, senza far alcun che per la cospirazione, ne aveva una paura tremenda. Un bel giorno prese in massa i camorristi e li relegò nell'isole: immensa sventura! Da quel momento codesta canaglia si atteggiò a vittima! Ve ne furono che si nascosero (tre fra gli altri che mi furono mostrati, il Chiazziere, il Piazziere, gridatore di piazza, e lo Schiavetto) – Questi furono accolti, ricoverati, carezzati perfino da uomini onesti, e, cosa strana, nel loro ritiro ignoto alla polizia, ma notissimo ai compagni, continuarono a ricevere la parte di barattolo, che loro spettava sulle operazioni della setta. Tutti i camorristi conoscevano il loro segreto: neppur uno andò a denunziarli.

Ve ne furono dunque alcuni che si nascosero, ma ve ne furono altri inviati alle galere, e, lo ripeto, fu un'immensa sventura. Si atteggiarono a martiri, e poterono fieramente gridare lasciando le galere: «Abbiamo veduto Settembrini, Spaventa, Poerio che sono nostri fratelli; noi abbiamo diviso le lor pene, abbiamo diritto di dividere con essi la gloria e i benefizi!»

Per tal guisa la camorra divenne politica. Vediamo ora come essa salisse al potere.

Francesco II era da un anno salito al trono. Maltrattato del pari dai nemici che lo hanno dipinto come un mostro, e dagli amici che vorrebbero farne un eroe, era nulla più che un buon figliuolo. Spingeva il rispetto filiale fino alla venerazione, e considerava Ferdinando come il solo uomo di genio e di autorità che egli conoscesse, come il più grande monarca dei tempi moderni. Da qui avvenne, che giunto al potere dichiarò in buona fede, in un proclama celebre ancora, che egli non sperava raggiungere la sublimità del suo augusto padre. Queste parole sinistre, scoppiando come una bomba nel paese, fecero perire non solo la paziente illusione di tutti quanti aveano atteso qualche cosa dal nuovo re, ma ancora la dinastia, la monarchia e l'autonomia delle due Sicilie.

Non è già che il reale principe mancasse di certe nozioni e di certe attitudini. Ingegno meno pieghevole, meno acuto di quello di suo padre, suppliva alle facoltà che gli mancavano con molto zelo e con molta applicazione. Privo di memoria, passava giornate intere a prender appunti. Si occupava di molte cose, entrava volentieri ne' particolari, conosceva benissimo i Codici, e in fatto di diritto pubblico e di giure internazionale avrebbe potuto tener fronte al primo giureconsulto dei suoi Stati. Sventuratamente egli si sentiva sconcertato, e spostato in politica, dove arrecava singolari scrupoli religiosi. Non era partigiano del diritto divino per avarizia o per temperamento, ma lo venerava sinceramente come un dogma. Non voleva conceder la costituzione sol perchè suo padre aveagli detto esser questa un peccato mortale.

Posso garantire tali notizie, che mi vengono da un uomo che faceva parte del Consiglio di Francesco II, e che non si è convertito al nuovo regime. Gli chiesi se credeva che le idee del principe avrebbero potuto subire modificazione nell'esilio, e dopo due anni di prove crudeli. Mi rispose essergli stato affermato che tal cambiamento era avvenuto, ma aggiunse che egli non lo credeva.

Tuttavia Francesco II avanti di cadere dal trono avea ceduto, ma dopo le vittorie di Garibaldi. Questi fatti sono recenti e tutti ne conservan memoria. Una costituzione che, strappata per forza dal barone Brénier ministro di Francia, affrettò la caduta del re, ma almeno lo fece cadere con grazia, fu proclamata il 25 giugno 1860, cioè un anno troppo tardi, e venne respinta dalla più strana e più tremenda cospirazione, quella del silenzio. Le prigioni si aprirono, e ne uscirono frotte di camorristi. Il loro primo atto, dopo la liberazione, fu di assalire il commissariato di polizia e di abbruciare tutte le carte; dopo di che presero gli sbirri a colpi di bastone. Lasciati a sè stessi, avrebber messo Napoli a ferro e fuoco.

Il signor Liborio Romano era stato in que' giorni nominato prefetto di Polizia. Noi eravamo allora in condizioni singolari, fra un re che dava suo malgrado una costituzione, ed un popolo che non la voleva; un esercito pronto a far fuoco sul popolo e uno sciame di turbolenti che molestavano e provocavano codesta truppa. L'antica polizia era scomparsa; la Guardia Nazionale non esisteva ancora, la città era in balia di sè medesima, e la canaglia sanfedista, in aspettativa di un nuovo 15 maggio, si preparava al saccheggio; aveva già preso in affitto delle botteghe (garantisco questo fatto) per deporvi il bottino.

Trattavasi di salvar Napoli, e Don Liborio Romano non sapeva più a qual santo raccomandarsi. Un generale borbonico lo consigliò ad imitare l'antico governo e (riproduco testualmente la frase) «a far ciò che esso faceva in caso di pericolo.» Don Liborio chiese alcune spiegazioni, e seguì il consiglio del generale. Si gettò in braccio ai camorristi.

Di ciò è stato accusato con molta severità. Ma che fare? Trattavasi innanzi tutto di impedire il saccheggio e nel tempo istesso di riabilitare forse e di ricondurre al bene uomini fuorviati. Don Liborio non avea ancor letto Les Misérables, ma appartenendo da lungo tempo a quelle confraternite umanitarie che vogliono realizzare la città di Dio, credeva senza fallo (egli stesso me lo disse soventi volte) che non siavi essere tanto degradato, da non poter più divenire uomo onesto. Volgere a vantaggio del paese l'energia fuorviata dei settari, cambiare la loro criminosa associazione in una società vigorosa intesa a protegger la società, era un bel sogno. Don Liborio forse non lo concepì, che dopo aver preso il suo partito e quasi per giustificarlo? Lo ignoro: so unicamente che la crisi era grave, il pericolo urgente; la città indifesa, e che era mestieri impedire il saccheggio; e il saccheggio non ebbe luogo.

Io lo confesso ben volentieri, fu questo un servigio eminente reso dai camorristi. Felice di questo primo successo, Don Liborio tentò di organarli e disciplinarli. Immaginò una guardia cittadina composta di questi malfattori, che sperava così arruolare nella società onesta. I picciotti di sgarro tenevano il luogo dei birri violentemente cacciati: ogni camorrista in capo divenne caposquadra. Fu una rivoluzione subitanea nel servizio della pubblica sicurezza. E, debbo dirlo, tal rivoluzione riuscì pienamente nei primi mesi.

La camorra non si servì soltanto della sua influenza per prevenire le rivolte, ma impedì fino i più piccoli delitti: non vi fu mai un sì piccol numero di furti quanto nei primi giorni della sua sorveglianza imperiosa e diligente. La guardia cittadina non avea ancora uniformi, discipline, regolamenti stabiliti: si componeva di popolani vestiti da semplici operai, armati di grossi bastoni, non aventi altro segnale di riconoscimento fuor di una coccarda tricolore ai loro gaschetti. Pure essa si fece rispettare e temere più assai dei feroci, a malgrado del vestiario, delle fisonomie, della daga, del fucile, del volto severo e truculento di questi antichi sbirri. Essa si condusse coraggiosamente, e ciò che sembrerà più strano onestamente.

Potrei dimostrarlo con venti aneddoti dei quali fui testimone e che rimasero impressi nella mia memoria. Non ne citerò che un solo, non il più singolare, ma quello che richiede meno osservazioni e schiarimenti.

Durante il periodo violento della rivoluzione, cioè nel tempo che precede l'arrivo di Garibaldi, il popolo era sopratutto inferocito contro l'antica polizia e vendicavasi delle sofferenze subite sotto l'oppressione venale e brutale di questa formidabile legione di tirannelli. Non cerco di giustificare gli eccessi commessi, rammento soltanto che furono rappresaglie crudeli.

Un giorno, un antico commissario, mal celato sotto il mantrice di una carrozza, fu riconosciuto da alcuni del popolo, i quali fermarono tosto il cavallo, aggredirono il fiacre, e cominciarono a gettar grida, minacciose. Sopravvenne per buona ventura un uomo influente della polizia che, allontanata la folla, montò nella carrozza accanto al commissario mezzo morto dalla paura e lo condusse alla prefettura dove il mal capitato, che credevasi ancora ai tempi antichi e preparavasi a subire la più terribile inquisizione, seppe con sua grande sorpresa che era libero. Ma egli non volle andarsene, temendo la vendetta popolare assai più di una lunga detenzione. Chiese di esser inviato dove si volesse, perfino alle galere, pur di non tornare nella strada. Con molta difficoltà fu rassicurato e rinviato sotto la scorta di un camorrista onnipotente per nome Luigi Cozzolino, soprannominato il Persianaro. Con tale compagno il commissario nulla avea a temere, e ritornò a casa sua sano e salvo; nell'effusione della gratitudine volle dare una piastra al Persianaro; ma il brav'uomo la rifiutò, dicendo in aria di disprezzo: «mi credete forse appartenente all'antica polizia?»

Questi tratti di probità si rinnuovavano giornalmente. La camorra rese, di più, negli ultimi mesi del regno di Francesco II, servigi ben segnalati alla causa italiana. Strette alla rivoluzione e condotte dalla cospirazione unitaria, che, già sicura della vittoria, non avea più bisogno di celarsi, le guardie cittadine comunicarono al popolo l'ardore onde erano prese: e risvegliarono così quel turbolento entusiasmo per Garibaldi, che manifestavasi ad ogni istante, in ogni occasione, prima che questi giungesse; in codesta epoca singolare di transizione, o meglio di dissoluzione, in cui Francesco II era re per grazia di Dio, e regnava sopra le Due Sicilie e sopra Gerusalemme, governando ancora in tutte le provincie del continente e anche nella cittadella di Messina, abitando la capitale del suo regno, risedendo nel palazzo de' sovrani, assiso sul suo trono, circondato dal suo esercito, e la città intiera, la fedelissima Napoli, apparteneva al fantastico Eroe, che avanti di passare lo Stretto già l'avea conquistata e poteva poi entrarvi solo.

È facile immaginare quali pericoli noi corressimo allora, fra questo decadimento e questa apoteosi, minacciati da un lato dalla demolizione, dall'altro dallo sfasciamento, in balìa de' vinti che, potenti ancora e provocati costantemente dai vincitori, potevano mitragliare la città. Tuttavolta, salvo pochi poliziotti colpiti negli ultimi giorni di giugno, pochi borghesi assaliti nel 15 luglio nella via e senza motivo, e persino senza pretesto, vigliaccamente sciabolati dalla Guardia Reale, non fu versata una goccia di sangue. Francesco II se ne andò, mi si permetta la frase, senza trombe e tamburi, e Garibaldi giunse senza colpi di fucile. E tutto ciò in grazia de' camorristi.

Ma, dopo aver reso questi servigi, acquistarono una potenza e un autorità quasi spaventevole. La rigenerazione morale sognata da Don Liborio non era avvenuta che a metà, o meglio era sembrato che avvenisse ne' primi momenti, ne' felici accessi di entusiasmo. Ma poco a poco il vecchio uomo riprese il di sopra in questi antichi peccatori, con troppa rapidità convertiti. Non erano precisamente degli evasi dalle carceri, come i banditi di Vidocq, o i Cosacchi irregolari di Canler, ma erano uomini vigorosi, ardimentosi, risoluti, abituali all'abuso della forza loro; e questa forza, riconosciuta ora dal potere, legittimata da incarichi officiali, era aumentata a tal punto, che potevano tutto farsi lecito impunemente. La loro improvvisa rigenerazione non potè resistere alle tentazioni del nuovo stato, nè ai cattivi consigli della vita antica. Addivenendo poliziotti, avean cessato di esser camorristi: tornarono camorristi senza cessare di esser poliziotti.

Una delle loro colpe più gravi fu il proteggere ed esercitare anche il contrabbando. Sotto i Borboni questo commercio fraudolento facevasi da una banda speciale, che avea forse delle intelligenze segrete colla camorra, ma che non si componeva di camorristi. I capi della banda erano ben conosciuti da' negozianti, i quali loro confidavano volentieri i propri affari, e ricevevano così le mercanzie, pagando solo la metà, il terzo o il quarto de' dazi. I doganieri erano testimoni compiacenti e talvolta complici e mezzani di siffatti raggiri. I negozianti più onorevoli non sdegnavano di ricorrervi, perchè in questi tempi di universale corruttela ogni sorta di frode non era considerata colpevole, quando essa cadeva a danno del fisco soltanto.

Ma dopo l'arrivo di Garibaldi la camorra si impadronì del contrabbando. Non si contentò più d'imporre contribuzioni a coloro che lo esercitavano e ne profittavano: lo esercitò per conto proprio e in grandi proporzioni. Vi ebbero due contrabbandi, come vi hanno due eserciti, quello di terra e quello di mare, ognuno dei quali avea un capo supremo che arricchiva a un tratto. Salvatore De Crescenzo, il grand'uomo, era il generalissimo de' marinai, avea sotto i suoi ordini, terribili compagnie di sbarco che, nel corso della notte, introducevano fraudolentemente di che vestire e pavesare tutta la città! Uomini violenti, spesso armati, proteggevano questi raggiri e spaventavano i doganieri, i quali nulla di meglio chiedevano che d'aver paura. E la dogana di Napoli, i cui proventi erano ascesi fino a 40 mila ducati il giorno, a mala pena rendeva un migliaio.

Del contrabbando di terra avea il comando supremo un camorrista non meno celebre, nominato Pasquale Merolle. Si operava liberamente a tutte le porte della città. Un picchetto di compagni si appostava coll'arme in braccio presso l'uffizio della Dogana. Allorchè giungeva un carico di vino, o di carni, o di latte, e i gabellotti uscivano dalle loro case per far la visita ed esigere i tributi, i camorristi si avanzavano numerosi gridando: «Lasciate passare, appartiene a Garibaldi» – (È roba d'o si Peppe.) – I gabellotti si allontanavano tosto e il vetturale pagava la tassa ai camorristi.

Ciò che havvi in questo di più curioso si è che nè i vetturali nè i loro padroni guadagnavano cosa alcuna a questo contrabbando. Pagavano alla camorra presso a poco gli stessi diritti, che avrebbero dovuto pagare alla dogana; la differenza era insignificante. Non era dunque l'economia che li spingeva a questi raggiri, ma la paura: temevano il potere occulto assai più del regolare. Fra i due mali si appigliavano al minore. Se pagavano il dazio alla setta, non rischiavano che di essere sorpresi dal fisco e di subire una pena leggera; ma se la pagavano al fisco, erano sicuri di esser presi da' camorristi e ricevere una buona bastonatura. Quindi pagavano il dazio alla setta.

Da ciò è facile immaginare le perdite considerevoli che ebbe a soffrire il dazio consumo della città. Fuvvi perfino un giorno (e guarentisco il fatto che ho da fonte autorevole) nel quale, tra tutte le porte di Napoli, l'amministrazione non potè percepire che 25 soldi! Questa enormità aprì gli occhi al potere, che ordinò gravi provvedimenti. Novanta camorristi furono arrestati in una sola notte nel dicembre 1860: l'indomani il dazio fruttò 800 ducati (3400 lire italiane).

Per ultimo il commendatore Silvio Spaventa, uno degli uomini più eminenti del 1848, antico repubblicano, istruito e temperato da otto anni di galera, venne al potere dopo lo stabilimento della monarchia, in un tempo di riorganamento, che per mala ventura dovea essere un tempo di reazione. Ma il merito che non può contrastargli fu che egli si pose con ardore all'opera: fece tavola rasa e affrontò arditamente la impopolarità. Ora che egli è caduto, ho diritto di rendergli questa giustizia. Quanto agli errori che gli si imputano, non è questo il luogo per discuterli. I Napolitani hanno un grave difetto, si accusano e si infamano a vicenda A prestar loro fede, questo paese sarebbe una caverna di briganti. Uno de' loro deputati, uomo d'ingegno e di spirito, ha scritto un libro (I moribondi del Palazzo Carignano), nel quale prova con molto brio che i suoi concittadini, i suoi colleghi, i deputati di Napoli, sono uno stuolo di imbecilli o di furfanti. In nome del cielo, io scongiuro gli stranieri a non prestar fede a queste insolenze. Li supplico a non credere, dopo la lettura di quel libro che ha fatto qualche rumore, che l'autore sia un uomo astioso, bilioso, cattivo, un pessimo cittadino, che si studi di provare ai due mondi che, se l'Italia non è più la terra de' morti, è almeno la terra de' furfanti. L'autore ha calunniato il suo paese e sè stesso. Egli è migliore del suo libro, e i Napolitani, checchè dicano di sè medesimi, contano fra loro uomini di spirito e uomini dabbene.

Il commendatore Spaventa, io diceva, venne al potere e diresse per lungo tempo la polizia e l'interno. Uno dei suoi primi atti fu di porre in disparte bruscamente la camorra. Usò peraltro precauzione, attese un pretesto, un'infrazione qualunque alla disciplina stabilita. L'espettazione non fu lunga. Trovata l'occasione, fece in una sola volta arrestare un centinaio di camorristi, i più terribili, e gl'inviò alle isole. Contemporaneamente abolì la Guardia Cittadina, e le sostituì una Guardia di Pubblica Sicurezza già organata da qualche tempo.

Si è accusato lo Spaventa di aver in tale occasione perseguitato i buoni come i cattivi, e di aver colpito alcuni patriotti esaltati, anche dei garibaldini, come camorristi. Mi è impossibile entrare in tale discussione: è questione di persone. Poco importa all'Europa, se in una razzia di scellerati, per errore o per calcolo furono compresi alcuni uomini onesti. Non avrei ripetuto queste accuse, se esse non mi avessero fornito l'occasione di rammentare il modo col quale procedevasi sotto l'antico regime. Il signore Aiossa, capo della Polizia sotto Francesco II avea proclamato a suon di tromba una guerra accanita contro i camorristi. Ne prese infatti una banda intiera, e rinviò in galera: fatte le opportune verificazioni, ne resultò che non avea relegato che dei liberali.

Tuttavia, malgrado gli energici provvedimenti di Spaventa, la camorra non fu distrutta. Essa non esisteva soltanto in un gruppo di uomini, ma era radicata ne' costumi del paese. Scacciati da Napoli, i capi lasciavano dietro di sè la setta, che riformavasi sotto altri capi e continuava senza interruzione la sua opera fatale. Le vittime di Spaventa caddero dal potere, ma non perderono potenza: furono racchiuse nei bagni; ne uscirono poco tempo dopo; furono inviate nell'isole, e ne evasero. Per vendicarsi del ministro che le perseguitava, organarono contro di lui le dimostrazioni popolari: spinsero per le vie frotte di vagabondi e di cialtroni che fecero un chiasso infernale, gridando morte a Spaventa, e che andarono ad aggredirlo impunemente e confusamente con un tumulto spaventevole fin entro i suoi uffici nel palazzo delle Finanze, fin nella sua casa. In tal guisa persistè la camorra, sempre minacciosa. Cadendo dal potere, era entrata nella opposizione. Tutti quei bravi dei mercati di Napoli non si contentavano di rubare pochi soldi ai semplciotti: erano addivenuti uomini politici. Nelle elezioni proibivano tale o tal'altra candidatura, confortando co' loro bastoni la coscienza e la religione degli elettori. Nè si contentavano di inviare un deputato alla Camera, e sorvegliarne da lungi la condotta; spiavano il suo contegno, si facevano leggere i suoi discorsi, non sapendo leggerli da sè medesimi. Quando non erano contenti di lui, lo salutavano, al suo ritorno da Torino, con un bestiale concerto di fischi e di grida, che scoppiava la sera all'improvviso, sotto le finestre della sua casa.

Per ultimo i camorristi si dettero ad un mestiere anco più immorale. Ho lungamente dubitato di quanto sto per dire, ma fatti numerosi, eloquenti, me lo hanno provato in tal modo, che non potrei più oltre negarlo. La setta poneva una taglia sui borbonici, minacciando di denunziarli alla polizia. Quando un individuo era sospetto di tenerezza verso l'antico regime, esso riceveva la visita di un incognito, che gli diceva confidenzialmente: «Voi correte grandi pericoli; il governo vigila su di voi: si afferma che sostenete i preti e assoldate i briganti: voi andrete in galera.» Lo sventurato, pallido dalla paura, supplicava il suo misterioso visitatore di trarlo di impaccio. «Non havvi che un mezzo per salvarvi, diceva l'agente della setta: prendete un camorrista al vostro soldo, o comprate il silenzio di quegli che vorrebbe denunziarvi.» Allora il borbonico, che non avea corso alcun pericolo, pagava una forte somma, credendosi liberato dal bagno per la venalità del poliziotto, cui egli credeva aver dato il suo danaro. E dietro questo errore gridava contro il nuovo regime, che faceva precisamente quello che avea fatto il precedente.

Del resto non era la setta soltanto che commetteva questa specie di estorsioni. Molti dilettanti non temevano di usarne, e potrei in questo proposito narrare storie terribili. L'uomo notissimo, che volea estorcere alcune piastre al barone F.... minacciando di denunziarlo come borbonico, ma che denunziato a sua volta era stato arrestato d'ordine del giudice Mele, il quale giudice però pochi giorni appresso assassinato da un fratello del delinquente, codesto uomo non era un camorrista. Il suo fratello istesso, il giovane assassino, soprannominato il Bel Garzone, non apparteneva alla setta. La camorra non prese parte alcuna ai tentativi fatti presso il barone, nè alla morte del magistrato. Il primo delitto fu una speculazione privata, il secondo una vendetta fraterna. Insisto su ciò, perchè questo duplice reato di cui tanto parlarono i giornali di quell'epoca fu attribuito alla camorra, asserzione che è smentita, come son per notare, dallo scioglimento del dramma.

Dopo il suo delitto, il Bel Garzone (il quale aveva appena 48 anni ed aveva già due omicidi sulla coscienza) vagò per la campagna per nascondersi; tentò, a quanto dicesi, di riunirsi ad una banda di briganti, che non volle riceverlo (?) e tornò finalmente a Napoli. Si era nascosto in un luogo impenetrabile, ma la camorra si incaricò di ritrovarlo, lo che non avrebbe fatto se avesse appartenuto alla setta. Essendo stata accettata tale proposta, che alcuni vogliono fosse fatta dal Governo, alcuni compagni la eseguirono non senza fatica, e non senza colpi di revolver. Ho veduto il Bel Garzone ferito, coperto di sangue, trascinato per le vie nel bel mezzo del giorno alla prigione dai camorristi, che lo battevano crudelmente per farlo camminare. Non avrebbero operato in tal guisa, se si fosse trattato di un compagno!....

Compiuta l'impresa, osarono presentarsi alla questura per ottenere il prezzo del sangue da essi versato. Il primo giorno non erano che cinque o sei, i quali si vantavano di avere arrestato l'assassino. Il giorno appresso ne sorsero una trentina.

Tali furono le alte imprese della camorra fino alla proclamazione dello stato d'assedio nel luglio 1862. Potrei moltiplicar gli aneddoti, ma non voglio stancar la pazienza del lettore. Bastino dunque quelli da me riferiti, per i quali in brevi parole si riassume la parte politica della setta. Sotto Ferdinando II essa avea fatto la polizia occulta. Sotto Francesco II appartenne alla cospirazione liberale. Sotto la Rivoluzione fu la polizia officiale; sotto Vittorio Emanuele è entrata nell'opposizione, e si è nettamente dichiarata per il disordine: e questa è la sua vera opinione, sotto tutti i governi.

VIII

LA REPRESSIONE.

Ultime imprese della camorra – Furti con scasso, ricatti ec, brigantaggio nella città – Come i camorristi sfuggissero alle leggi ordinarie – Complicità delle loro vittime – Le protezioni influenti e i giudici intimiditi – Provvedimenti eccezionali – Campagna del questore Aveta – Un cacciatore di uomini – Lettera del Prefetto di Napoli al Ministero – Le mogli e i figli dei settari – Una lettera del comandante di Ponza – Deportazione al carcere delle Murate in Firenze – La setta disciolta e riformata – Buoni resultati di simili provvedimenti – Conclusione.

Finalmente nel mese di settembre del corrente anno 1862, profittando dello stato di assedio, che era stato proclamato nelle provincie meridionali e dei poteri estesi che gli erano stati conferiti, il generale La Marmora, di concerto col questore Aveta, che lo secondò con tutto il suo zelo, con tutto il suo coraggio, con tutta la sua attività, risolvè dare un gran colpo alla camorra.

L'occasione era propizia, e probabilmente non si rinnuovava: nell'indugio stava il pericolo. Mai la camorra erasi mostrata così potente, e mai erasi insinuata così pericolosamente non solo nelle reazioni politiche, ma in tutte le varietà di attentati possibili contro la sicurezza dei cittadini. Essa era giunta a tal punto di audacia e di furore, che entro Napoli stesso commetteva atti di brigantaggio. Ogni notte aggressori a mano armata violavano il domicilio dei cittadini. Ho udito io stesso un camorrista, interrogato alla questura, confessare che una notte, nel quartiere de' Mercanti, egli avea scassato la porta di una bottega per appropriarsi quello che in essa si conteneva. Ma era molto buio, e il ladro frugando le sue tasche non vi trovò fiammiferi. Il caso era grave: come scuoprire a tastoni le mercanzie e la cassa? come scegliere soprattutto, dacchè trattavasi di non prendere a caso? Il pover uomo era dunque assai imbrogliato, quando scorse una rivendita di tabacco a poca distanza. – Ah! ecco quello che mi occorre: troverò là di che farmi lume. – Corse dunque a codesta rivendita, scassò la porta: vi prese ciò che cercava, cioè una scatola di fiammiferi, e fors'anche gli sdrucciolò in tasca qualche pacco di sigari; e tornato tranquillamente alla prima bottega, potè rubare a suo bell'agio, scegliendo ciò che più gli conveniva.

Infine avvenivano ricatti nella città, come nelle campagne. Non ho inteso parlare di uomini e di fanciulli rapiti, ma conosco taluni che furon minacciati di esser consegnati ai briganti o assassinati nelle vie, se non sborsavano una forte somma di danaro, e che furono tanto sciocchi da crederlo, e tanto vigliacchi da pagare. Questi individui conosciutissimi meriterebbero di esser qui nominati.

Contro un male di tal natura, occorreva adoperare estremi rimedi. I camorristi sfuggivano alle leggi ordinanarie, perchè intimidivano tutti coloro che avrebbero potuto farli perseguitare dalla giustizia o denunciarli. Erano ladri che facevan paura ai derubati, malfattori che imponevano silenzio alle loro vittime, e che le stringevano in qualche modo a sé medesimi, colla più silenziosa complicità, quella della paura. Non si sapeva qual partito prendere per attaccare codesti uomini protetti da coloro che avrebbero dovuto porli nelle mani della giustizia, e per gastigare codeste estorsioni giustificate dal consenso degli sciagurati che avean dovuto subirle. Non era possibile trovare parti civili, non testimoni dell'accusa contro scellerati così temuti. I plebei, tassati, riscattati, sfregiati, pugnalati negavan tutto e dichiaravano innanzi i tribunali che l'accusato era l'uomo più onesto! E d'altra parte potevano essi affermare il contrario senza accusare sè stessi, e senza dichiarare coram populo che erano poltroni ed imbecilli, i quali avevano tollerato di esser presi a gabbo, di esser derubati, spogliati, maltrattati ridicolosamente e vilmente?

Dirò tutto: ogni camorrista arrestato avea de' protettori influenti che gli rilasciavano de' certificati di buona condotta. Dal momento in cui un membro della setta era condotto alla Vicarìa, il questore era sicuro di ricevere venti lettere sottoscritte da nomi rispettabili, in difesa dello sventurato! Ho veduto queste lettere: se il mio lavoro fosse un libello, pubblicherei i nomi de' soscrittori.

Ancora una parola e avrò finito. Questi malfattori impudenti intimidivano perfino i loro giudici. Sì; ne ho veduti assolvere alcuni, perchè la magistratura, l'antica ben inteso, ne avea paura!

Era mestieri pertanto di provvedimenti eccezionali per raggiungere i camorristi, che sfuggivano alle leggi penali, in grazia al terrore ispirato e conservato dalla loro setta. Il governo profittò dello stato d'assedio. Il signor Aveta ordinò contro i settari una guerra senza posa, una campagna rigorosa simile a quella comandata dal generale La Marmora contro i briganti. Fu potentemente secondato dal signor D'Amore, segretario generale della questura, e da alcuni delegati, segnatamente dai signori Iossa e Capuano, i quali, avendo sofferte lunghe prigionie sotto i Borboni per cause politiche, conoscevano personalmente tutti i peggiori camorristi. Il primo mi ha narrato le sue spedizioni: sembrano incredibili. Egli si avvicinava nel bel mezzo della via a uno di questi feroci malfattori, i quali si reputavano inviolabili, e battendogli una mano sulla spalla, gli chiedea bruscamente: «Sei tu il tale?» E ottenuta risposta affermativa, Iossa soggiungeva: «Va' innanzi dieci passi a me alla Vicarìa.» L'individuo abbassava la testa e camminava senza proferir parola.

Vi ebbero arresti più difficili. – Un delegato fu un giorno informato che uno dei banditi da lui perseguitati era nascosto in una villa di Capodimonte, a breve distanza dalla città. Iossa prese un fucile da caccia e partì per la campagna. Giunto alla villa designata, all'ingresso di un piccolo bosco, trovò un contadino che gli disse: «Abbiate prudenza; qui vi è un brigante: non vi arrischiate troppo.» Iossa prese il suo fucile con ambo le mani, e entrò nel bosco, come se andasse a cacciare, guardando a dritta e a sinistra fra gli alberi.

Dopo qualche tempo, trovò l'individuo da lui cercato, ma fece vista di non conoscerlo. Camminò nella sua direzione, sempre in aria di cacciatore che cerca uccelli fra i rami. Si avanzò in tal guisa fino a trenta passi di distanza dal camorrista, il quale si era fermato. Allora egli pure fece sosta ad un tratto, e stendendo la mano gli gridò: «Non ti muovere!» – «Ah;» rispose il brigante: «tu cerchi di me?» – Egli puntò allora una pistola sul delegato, il quale al tempo stesso fece fuoco su lui. Ferito alla testa, il malfattore cadde in un dirupo, ove dietro lui scese lo strano e coraggioso cacciatore di uomini. «In nome di Dio,» disse il camorrista rannicchiato fra gli sterpi e preso dalla paura «non mi uccidete!» – Iossa gli rispose come agli altri: «Cammina dieci passi innanzi a me; alla Vicarìa.» – Per tal guisa rientrarono in città, l'uno ferito, coperto di sangue, dinanzi all'altro che lo seguiva a dieci passi di distanza e col fucile in mano. Il popolo guardava tale spettacolo con stupore, e nulla vi comprendeva.

In grazia di questa caccia accanita, il prefetto di Napoli potè scrivere al ministro dell'interno in data del 23 settembre 1862 la seguente lettera, di cui garantisco l'autenticità, e che è ancora inedita:

«A S. E. IL MINISTRO DELL'INTERNO.

«Napoli, 23 settembre 1862.

«L'E. V. conosce appieno come una delle più esiziali eredità rimaste a queste provincie dal borbonico governo sia la così detta camorra, e come i camorristi, stringendosi astutamente a quei partiti politici che più sogliono concitarsi a baldanzose pretensioni, erano riusciti ad imperversare ne' trascorsi giorni, innanzi che si proclamasse lo stato di assedio, con maggiori eccessi che mai. Le entrate del governo erano sul pendio di una totale ruina pe' continui contrabbandi che le incalzavano d'ogni dove; le proprietà de' cittadini, fatte segno ad incessanti aggressioni, minacciavano di scuotere gravemente i più saldi ordinamenti della sicurezza sociale, se l'autorità politica non si fosse fatta ad investire dalle sue radici questa specie proteiforme di delitto con un energico provvedimento, che, senza transazioni, senza rilenti di forme giudiziarie (inadeguate a raggiungere i nuovi imperversamenti di questo straordinario male sociale), soggiogasse d'un colpo all'imperio delle leggi la ostinata pervicacia de' camorristi, e tornasse così in brevi istanti la loro dignità agli esattori delle pubbliche entrate, ed al resto de' cittadini la sicurezza delle proprie cose.

«E questo provvedimento si è dato, e 300 dei più sfidati camorristi sono stati in pochi giorni ridotti in carcere; e se siasi dato, ovvero no, nel segno, e se nulla siavi stato d'ingiusto o di repugnante alla pubblica coscienza, nella urgente esecuzione di questo arresto, lo dica il plauso generale ond'è stato circondato, e che porta dietro a sè, quai documenti irrefragabili, i dazi triplicati, le entrate della lotteria portate a tal cifra di cui finora non si è avuto l'esempio, le aggressioni contro le proprietà pressochè scomparse, il sentimento della personale sicurtà pienamente rialzato dalla prostrazione in cui trovavasi innanzi.

«Perchè però questi salutari benefizi non tornassero effimeri; perchè dalle prigioni medesime, in cui sono rinchiusi nel seno della città, non si attentassero questi indomati camorristi a qualche conato di subbuglio e non fossero colà di subdolo incitamento a' loro aderenti, sembrami urgente partito che l'E. V. si faccia a divisare o nell'isola di Sardegna, o altrove, un luogo separato dove potessero sollecitamente confinarsi quelli tra essi che sono in fama del pubblico pei più accaniti macchinatori di camorra, e che, avuto riguardo alle varie volte in cui han richiamato l'attenzione dell'autorità pubblica, è a ritenere che non potrebbero ritornare in libertà senza darsi in balìa delle loro inveterate ed incorreggibili tendenze. Allora tramutati, sotto altro cielo, 140 o 150 di questi detenuti, la coscienza pubblica sarebbe rassicurata dal pericolo de' rinascenti disordini, che potrebbe portar seco la loro evasione o il loro confino su di una terra vicina; un efficace esempio si offrirebbe agli occhi degli altri; dopo qualche tempo di permanenza in lontane contrade, non sarebbe vano lo sperare che i loro animi medesimi si ritemprassero a sentimenti di obbedienza alla legge e di soggezione alle autorità costituite. Non ultimo vantaggio sarebbe quello di diradare le prigioni della città dal pericoloso ingombro di questo gentame di prigionieri, ed una base di duratura garentìa sarebbe così stabilita alla pubblica tranquillità ed alla sicurezza delle proprietà dei cittadini.

«Sicuro che tal proposta meriterà il suffragio dell'E.V., io mi aspetto il più presto le sue istruzioni.»

Queste istruzioni erano urgenti. Tutti i provvedimenti presi fino a quel giorno contro i camorristi non erano bastati per distrugger la setta, nè per diminuirla di numero. La loro detenzione nelle prigioni era non solo un imbarazzo e un pericolo per il potere, ma un rigore inutile. Racchiusi in una sala a parte, usavano minori violenze sui detenuti, ma non cessavano di esercitar il riscatto in città. Le loro mogli si presentavano sempre ai contribuenti, e ottenevan la camorra senza la menoma difficoltà. I popolani più aguerriti tremavano di fronte alle sottane di queste malandrine. Sapevano che un giorno o l'altro i mariti sarebbero usciti di prigione, e col bastone in mano avrebber chiesto conto ai recalcitranti de' debiti da questi non pagati. D'altra parte la moglie di un camorrista era di per sè medesima una potenza, e i fanciulli che avea dato alla luce si facevano fin dalla culla rispettare. Questi picciotti in erba si addestravano al coltello fin dai loro più teneri anni; eranvi ginnasi clandestini di mutua istruzione, nella città e nelle prigioni, ove questa scherma pericolosa veniva loro insegnata.

Così il popolo in essi rispettava non solo i figli de' loro padri, ma anco i bravi precoci già maturi per l'assassinio.

Tenendo pertanto imprigionati i camorristi, non si raggiungeva il fine voluto. Quanto alla relegazione in alcune isole troppo vicine, Ponza per esempio, era pena insufficiente che non correggeva i condannati, testimone la lettera seguente, indirizzata dal comandante dell'Isola al questore di Napoli.

«REGIO COMANDO MILITARE DELL'ISOLA.

«Ponza, li 12 luglio 1862.

«Comunico all'autorità di V. S. che su questa isola di mio comando trovansi il relegato a disposizione camorrista Auttieri Fortunato, spalleggiato anche da Francesco Esposito, Biagio Marino, e Luigi Bottiglieri a condanna, ai quali niun avvertimento e misure di rigore han potuto a' medesimi metterli sul retto sentiero, talchè vedendo l'Auttieri che giornalmente coadiuvato da' menzionati, fa degli abusi sulla gente qui relegata non solo, ma quanto, calpestando ogni dritto, si fa ardito con mano armata, con minacce e vie di fatto esigere la camorra da ogni relegato che costà giunge, e su di altri che lucrano qualche obolo col sudore della fronte: e di fatti giorni sono il relegato Michele Lucente giunto in questa, veniva esso alla mia abitazione sotto i miei propri occhi preso a bastonate facendolo grondare sangue dal naso e bocca, perchè l'Auttieri bramava danaro dal Lucente. Ieri l'altro prepotentemente si presentava detto camorrista all'altro relegato Ferdinando Ungaro, che aveva travagliato sul cavofondo in questo porto, chiedendo la parte sul guadagno, e sulle frutta che l'Ungaro vende, perchè autorizzato; giungendo all'alterigia di vibrargli delle percosse sul capo con grosso baculo; perlocchè mi vidi costretto farlo restringere in prigione l'Auttieri, e consegnati nelle caserme di questa Relegazione i seguaci descritti; e comecchè non potrassi da me tenerli per lunga pezza accasermati e lasciarli liberi per l'isola, e con la certezza che l'Auttieri facendo da capo della combriccola menzionata, commetterebbero degli abusi e continui disturbi: così è che prego la V. S. che questo capo disturbatore e prepotente venisse tolto da questa isola, come ancora il Luigi Bottiglieri che lo seconda in tutto, fossero condotti in Ventotene od altro luogo che crederà più opportuno per segregarli dalla società che la mantiene turbata.

«Il comandante l'isola

«F. CUTELLI capitano.»

Ben si scorge come la camorra si esercitasse impunemente nelle isole, da coloro stessi che vi si inviavano per correggere i camorristi. Era dunque impossibile combattere questo flagello con misure ordinarie. Bisognava provocare una relegazione in un paese più lontano da Napoli, abitato da una popolazione più vigorosa, o almeno più ribelle a questa oppressione ancora ignota da lei, e quindi da lei non riconosciuta. La Sardegna era un'isola adatta a questa deportazione. Ma il governo non consentì a far questo tristo regalo ai poveri Sardi. Si trattò per un momento di chiedere al re di Portogallo un angolo dell'Australia per inviarvi questa colonia di tirannelli incolti; ma al momento in cui scrivo (1 novembre 1862), i negoziati intrapresi in proposito non hanno, che io mi sappia, dato alcuno resultato. Frattanto 63 camorristi sono stati racchiusi nelle Murate, prigione cellulare di Firenze, cento altri deportati a Tremiti, colonia penitenziaria, di cui già tenni proposto. Ne restano ancora cento per questa, e una ventina per le Murate, dove si fanno a quanto mi si afferma lavori per dar loro stanza.

Questi rigori basteranno per distruggere la setta? Non oso sperarlo. Ho ancora un tristo documento nelle mie mani, che prova la vitalità della camorra, la sua forza di coesione, la sua facilità a riformarsi dopo perdite considerevoli. Allorchè i primi 63 deportati furono condotti a Firenze (e fra questi v'erano i più importanti, i proprietari, i guapi, i capi) la sera stessa del loro imbarco, fu sorpresa la lettera seguente inviata ai settari del Carcere Nuovo da quelli di San Francesco o viceversa.

«COMPAGNI CARISSIMI.

«Dopo di avervi caramente salutato a tutti come fanno i miei. Vengo a darvi conoscenza come da qui son partiti il Capo ed il Contabile, perciò riuniti questa mattina i compagni tutti anno creduto alzare per capo a Scola, e per contaiolo a Pere di Porco (Piede di Porco) perciò vi facciamo conoscere tutto mentrecchè siamo desiderosi chi son rimasti e chi avete alzato da capo, atteso che ei giunto alle orecchie che Mormile è partito, vi fo consapevole come dovete compire che non avete la buttiglia a causa che i compagni si anno portato il carrosello, ma nella corrente settimana avete secondo il solito attente la risposta e salutandovi caramente unito a tutti mi segno

«Il vostro compagno GIUSEPPE SCOLA.

«Seguono pure le firme dei camorristi Luigi Miletto, Gennaro Izzo, Alfonso Majetto, Marinariello, Raffaele Capasso, Giovanni Parmiciano, Fedele Stiano, Domenico Dente, Domenico Esposito, Giuseppe Cesario, Francesco Mangiaguerra, Antonio Simonetto, Vincenzo Cascione, Nicola Asenici.»

Ben si scorge come la sera stessa del suo scioglimento, la società fosse già riformata. Giuseppe Scola, il nuovo capo, era un uomo già vecchio, antico soldato di Murat, maestro d' armi, o, per usare il titolo che egli si dava, professore di coltello, liberalissimo però e di un colore assai spinto: esecrava tutti i sovrani. Ho queste notizie da molte vittime dei Borboni che lo hanno conosciuto nel carcere di Santa Maria Apparente.

Temo dunque che questi provvedimenti non bastino a distruggere completamente la camorra. E pure vi hanno alcuni che gli dicono troppo rigorosi. A costoro io rispondo con questo opuscolo, che forse sarà medicina opportuna per la loro filantropica sensibilità. Li prego in ispecie di leggere attentamente le biografie, che vi unisco in appendice. Non sono piccoli libelli, frutto della mia fantasia, per divertire frivoli lettori. Sono documenti serii, autentici, officiali!

Concludendo, mi piace constatare che, se i provvedimenti già presi non bastano per distruggere completamente la setta, hanno già prodotto almeno ottimi resultati, dei quali fanno prova non solo la lettera del Prefetto al Ministro, ma la statistica dei delitti, che dopo questi energici provvedimenti, stabilisce che il numero de' misfatti conosciuti è diminuito di due terzi. Ancora un po' di tempo, molta pazienza e coraggio, un'assidua vigilanza, una infatigabile perseveranza nella fermezza e in ispecial modo nella onestà, e questa orribile piaga aperta tuttora non sarà soltanto cicatrizzata, ma guarita. Tale è l'opera che l'Italia ha da compire nell'Italia meridionale. I suoi nemici non sono politici, lo dissi in principio e lo ripeto concludendo; non sono i partigiani dell'autonomia, di Murat, della federazione, dei borboni; i mazziniani stessi non son così forti da rovesciar questo edifizio. Fino a che essi saranno ridotti alle proprie forze, scriveranno opuscoli, forse lunghi memorandum e grossi volumi, ma non distruggeranno mai quel gran principio nazionale, sogno eterno dell'Italia, che ai nostri giorni è addivenuto una realtà dopo tanti secoli di sofferenze, in grazia della fede di un Galantuomo coronato.

No, questi nemici non sono pericolosi. Non potrebbero esserlo che ammutinando contro la patria comune tutti questi elementi dissolventi, fatale retaggio dell'antico monarcato, tutte queste associazioni contro la società, il brigantaggio della campagna, il brigantaggio nella città, le bande di Donatello Crocco e di Salvatore de Crescenzo, congreghe di furfanti sanguinari che a forza di danaro si possono gettare in mezzo alle popolazioni esterrefatte, promettendo il saccheggio ai vincitori e l'incendio ai vinti. Tali sono nel mezzogiorno i veri nemici dell'Italia. Ciò che le fa vera opposizione è la ignoranza che sdegna l'istruzione, la miseria che ricusa di esser distrutta, è il brigante che non vuole addivenire artigiano o soldato; il camorrista che non vuol guadagnar faticosamente col lavoro quanto gli è agevole estorcere con la violenza; è il male sotto tutte le forme, sotto tutte le maschere, insorto contro la rigenerazione morale, che ardisce ora attaccarlo e che finirà per distruggerlo. La questione oggi è cambiata; l'Italia non è più per Napoli un Governo nuovo, o una nuova dinastia; l'Italia è l'ordine sociale difeso da tutti gli uomini di senno e di cuore: è l'associazione degli onesti con le forze del settentrione e quelle del mezzogiorno, le forze del potere e quelle del popolo, esercito, polizia, guardia nazionale, che ora lottano con zelo unanime contro le antiche associazioni di assassini e di ladri, che ne' tempi scorsi opprimevano queste contrade. Dinanzi a questa lotta imponente, spariscono le questioni di forma e di dinastia. È mestieri dell'Italia intiera, dell'Italia tutta quanta per abbattere queste coalizioni criminose, che le fanno guerra e che essa deve spezzare.

L'Italia ha da trionfare, perchè l'Italia è la libertà, l'umanità, la civiltà. Che tutti que' principii, disconosciuti e condannati dalle dinastie decadute, escano ora dall'ombra e dal silenzio, ove si tentava seppellirli; che il popolo fatto libero si ritempri nel sentimento della sua dignità e della sua potenza; che la violenza e l'iniquità dell'alto non autorizzino la violenza e l'iniquità del basso; che la paura, questo vergognoso istinto di degradazione e di schiavitù, sia sradicata affatto dalla coscienza popolare che si rialza: ecco il sistema di repressione che senza fallo riuscirà; e la palla sarà estratta dalla ferita, e la camorra non esisterà più, se non come memoria in quest'opuscolo caduto nell'oblio.

MARCO MONNIER.

Napoli, 1 novembre 1862.

APPENDICE

AVVERTIMENTO.

Mentre io scriveva le pagine precedenti, compilavasi alla Questura di Napoli sotto l'intelligente e operosa direzione del signor D'Amore, segretario generale, un lavoro ben più considerevole, il quale è rimasto compiuto contemporaneamente a questo mio. Esso si compone di un enorme processo in foglio, che porta questo titolo:

Compendi biografici di parte dei Camorristi fatti segno agli ultimi provvedimenti dell'autorità politica di Napoli, e derivati dagli archivi giudiziari, da' documenti della Questura e dalle informazioni di diversi funzionari. – Novembre, 1862.

È questa una raccolta di documenti giustificativi riuniti insieme per spiegare i recenti rigori contro gli incorreggibili affiliati della camorra. Ne emerge nettamente che tutti i settari inviati a Tremiti o a Firenze sono malfattori ostinati, già colpiti da varie condanne, che non li trattenevano dal cadere in perpetue recidive. Ciascuna di queste biografie è una lista di delitti provati, una sequela di cadute, un ammasso di reati. Avevo ottenuto il permesso di consultare questo prezioso inserto e trascriverlo tutto quanto alla fine del mio opuscolo. I documenti giustificativi, servendo a un doppio fine, avrebbero così avvalorato moralmente l'opera della Questura e la mia. Per mala ventura questo processo è troppo voluminoso e non può esser per intiero riprodotto nel mio opuscolo, del quale avrebbe accresciuto la mole del doppio con una sovrabbondanza di prove, le quali forse avrebbero stancato il lettore, che spero già persuaso. Nella più meschina opera occorrono proporzioni e armonia, ed io stimo inutile di costruire un castello fortificato per difendere un casotto da sentinelle.

Parlando così, non intendo in guisa alcuna criticare il lavoro della Questura, la cui necessità è incontestabile: aggiungo anzi (e ne faccio le mie congratulazioni alla infaticabile amministrazione) che questi compendi biografici stessi non sono che il riassunto di un lavoro anche più considerevole, seicento pagine in foglio, che saranno quanto prima tutte piene e consegnate agli Archivi a vantaggio del Questore attuale e per istruzione de' suoi successori. Ma, non avendo io da vigilare alla sicurezza di Napoli, mi son limitato a riassumere il riassunto di quest'opera colossale, ponendo da parte i documenti e le notizie che avevano già trovato il loro luogo nel mio opuscolo, e ristringendo quasi sempre in una linea o in una cifra le interminabili serie di delitti, onde erano pieni i compendi dell'onorevole Segretario Generale. Non ho riprodotto testualmente che i fatti singolari, e quelli che giungevano nuovi a me medesimo, a grado che io progredivo nella lettura di quei documenti con tanta diligenza raccolti.

Anche una parola, prima di chiuder quest'Avvertimento. Nella maggior parte dei paragrafi che seguono, non si tratta della camorra, ma de' camorristi: non dell'opere collettive della setta, ma di quelle individuali degli affiliati. Questi documenti non provano che la camorra, come qua comunemente si crede, sia il furto, o l'assassinio, quali si praticano ovunque, tanto a Parigi, a Londra, a Vienna come a Napoli. Provano soltanto che i principali camorristi viventi, nominati in quest'Appendice, sono ladri o assassini. Così fino ad ora ho descritto la setta nelle specialità de' suoi atti, de' suoi misfatti e anche de' suoi benefizii. Scendo ora a mostrare i settari, non più come settari ma come uomini, onde far palese di quali scellerati pericolosi la Questura di Napoli abbia liberato la società.

I. – Salvatore De Crescenzo.

Il re della banda, il Lacenaire de' camorristi. – Esordisce nel febbraio 1849 con tre delitti in una volta, porto d'armi proibite, resistenza alla forza pubblica, ferite gravi arrecate ad un tal Bornei, caporale di marina.

Imprigionato per questi fatti, continua in prigione il suo mestiere; ferisce un detenuto, ne uccide un altro (Luigi Salvatori, 14 luglio 1849), perchè questo disgraziato non vuole assoggettarsi alle prepotenze di lui. Malgrado questi delitti, non è condannato che a cinque anni di prigione.

Libero nel 1855, ricomincia ad esercitar la camorra in città. È ripreso, e la polizia, che custodendolo nel Castel Capuano ne ha timore, lo interna nelle provincie, e lo racchiude nella prigione centrale del Principato di Molise.

Ma la polizia rinunziando a infierir contro la camorra, De Crescenzo ritorna a Napoli, ove attende libertà al deposito della prefettura. Anzi che calmarsi, si permette atti oltraggiosi sulla persona di un tal De Mala, ed è condannato a sei mesi di prigione ancora.

È liberato sotto Don Liborio (vedi il cap. VII di questo libro) e diviene capo squadra della Guardia Cittadina. Si conduce con tal violenza nella nuova carriera, che la Guardia Cittadina è disarmata e soppressa ad un tratto, in una notte, da Silvio Spaventa.

Allora la camorra, come dissi, scacciata dalla polizia, torna al suo antico mestiere. De Crescenzo più pericoloso di tutti i suoi confratelli è racchiuso a Castel Capuano, poi relegato nell'isola di Ponza.

È là che comincia la lotta accanita fra esso ed Antonio Lubrano (vedi il cap. III). È nota la fine di questa tragica scena: condannato a morte per l'influenza di De Crescenzo, Lubrano è assassinato al suo ingresso nella prigione di Castel Capuano.

È questo l'ultimo delitto del grand'uomo, fino ad oggi almeno. È stato inviato nelle prigioni delle Murate di Firenze. Ultima notizia; è borbonico.

II. – Vincenzo Zingone.

Questo capo, già celebre, regnava a San Francesco, mentre De Crescenzo imperava a Castel Capuano.

Eccone in due parole la vita:

Esordisce a 15 anni con furti di destrezza, e per questi subisce varie carcerazioni dal 1837 al 1841 nella prigione di Santa Maria Apparente. Nel 1841 tira il coltello per la setta e diviene camorrista. Restituito in libertà, si conduce tanto bene, che la polizia lo manda nell'isola di Tremiti. Graziato di nuovo nel 1848, ricomincia le sue estorsioni, è ripreso, è liberato ancora, è ripreso di nuovo nel 1851 come vagabondo e come ladro. Provoca un ammutinamento fra i camorristi di Castel Capuano per la distribuzione del barattolo, e si fa condannare a 40 mesi di detenzione nella prigione di Avellino. Subita la pena, apre nel quartiere del Mercato (una delle dodici sezioni di Napoli) un caffè che diviene il quartier generale della camorra, del contrabbando, del furto, il deposito del bottino, il refugio de' malfattori. Una perquisizione in questo luogo sospetto fa rinvenire una provvisione di oggetti rubati, di munizioni e d'armi. Zingone torna nella prigione di San Francesco, d'onde corrisponde con Mormile e con De Crescenzo, come vedemmo. Ora trovasi alle Murate.

III. – Vincenzo Attingenti di Napoli.

Arrestato nel maggio 1849 per furto e condannato a 29 giorni di prigione, ripreso poco appresso per aver rubato un fazzoletto di tasca a un uffiziale addetto al ministero della guerra, e fin d'allora denunziato alla polizia, e dalla polizia invigilato come uno de' più callidi furfantelli della città, è imprigionato nel 1850 come vagabondo e sospetto; ripreso nel 1853 sotto l'imputazione di un altro furto; racchiuso nel 1853 e nel 1854 nella prigione degli imberbi, a Sant'Agnello; inviato nel 1855 in quella di san Francesco: ripreso finalmente per la quinta volta come malandrino incorreggibile nel 1858; allontanato da Napoli, e chiuso nelle prigioni di Campobasso; poi posto in libertà dietro promessa di buona condotta; ma ripreso per la sesta volta nel novembre 1860 per causa di un lungo stile che portava in dosso; liberato di nuovo al principio del 1861 e arrestato alcuni mesi dopo mentre aggrediva colla pistola alla mano un passeggero, probabilmente per derubarlo, dappoichè furono reperiti su di lui un oriolo e degli anelli provenienti da furti precedenti e le false chiavi che aveano servito a commetterli; assoluto, a malgrado di ciò, per mancanza di prove (!!) ma arrestato alcuni giorni appresso, per l'ottava volta sotto l'imputazione di furto e di detenzione di armi proibite. Tale è lo stato de' servizi di Vincenzo Attingenti. Durante la sua ottava carcerazione ha fatto assassinare un giovanetto di nome Parisi, per non so quale storia di donna, per una rivalità d'amore. Parisi era troppo amato da una fanciulla, che piaceva all'altro: ecco perchè fu ucciso. Attingenti è ora in Firenze alle Murate.

IV. – Pasquale Baschi o Bascoli.

Condannato ai ferri al Presidio fin dal 1849 per furto qualificato. Imprigionato di nuovo nel maggio 1859 sotto la triplice accusa di resistenza alla forza pubblica, di furto con violenza, di ferimento a carico di un certo Alfonso Somma: condannato ad una nuova reclusione, di cui subì parte nella prigione di Castellammare; ripreso dai Carabinieri nel 4 aprile 1861 per raggiri sospetti, rilasciato tosto per difetto di prove sufficienti, e arrestato il 12 febbraio dell'anno corrente per furto e stupro. È ora alle Murate.

IV. – Tommaso Mazzola, Antonio Sangiovanni.

Non riassumo più: copio testualmente il rapporto della Questura, perchè trattasi di una varietà di camorra, che non ha fin qui trovato luogo nel mio opuscolo.

«Son questi (Tommaso Mazzola e Antonio Sangiovanni) tra i più protervi camorristi che tenevano a soqquadro le pubbliche contrattazioni della Piazza degli Orefici. Sotto sembianza di farla da sensali, essi inframettevansi, buono o mal grado, nelle altrui faccende, per compra o per vendita di argenti e dorerie, ed esigevano il tributo della loro burbanza, manomettendo la libertà delle convenzioni, sì da parte degli orefici, che degli estranei avventori. Fin dall'anno 1858 gli archivi giudiziari hanno avuto a raccogliere delle prove fulgidissime delle costoro estorsioni. Fra gli altri fatti segnalati in quell'anno, vi ha questo, che un giorno il Sangiovanni avea carpito un paio di orecchini ad un orefice di nome Luigi Talamo, facendo le lustre di doverle presentare ad un signore che dovea comprare di oggetti somiglianti, e poi, sol perchè chiamavasi Antonio Sangiovanni, e potea far pagar caro altrui il rifiuto di soddisfare alle sue cupidigie, erasi recisamente negato a restituirli. Quell'orefice non si spaventò delle sue minacce: ne reclamò alla polizia, ne elevò querela di frode, e fu pure tratto in arresto l'indegno frodatore; ma non ne uscì punto emendato dello spirito di camorra, che lo avea compreso e che formava la sua vita. Invece, pochi mesi dopo, accorreva la forza pubblica per nuovi clamori di brighe che avvenivano sulla Piazza degli Orefici, e causa di quel subbuglio erano le baldanzose pretensioni del Sangiovanni, il quale, solo per aver proposta la vendita di due pendenti di oro e di una spilla di brillanti tra due orefici, reclamava il compenso di otto ducati, comunque si fosse sciolto bentosto ogni vicendevole impegno tra le parti interessate per non aversi potuto accordare sul prezzo di quegli oggetti.

»Allo stesso modo fu colpito ripetutamente dalle mani della giustizia, in mezzo agli eccessi delle sue ree passioni, il secondo di questi sedicenti sensali, Tommaso Mazzola, ed una volta, nel 23 novembre 1848, veniva ristretto in carcere e denunziato al magistrato penale qual vagabondo e disturbatore della pubblica tranquillità; un'altra, a' 5 novembre 1858, quando per simili sopraffazioni dello esercizio degli altrui diritti, riportava la pena di quindici giorni di prigionia; ed una terza volta, nel febbraio di questo anno, per asportazione di arma vietata ed oltraggi verso gli agenti della forza pubblica. Ma i due compagni, tenendosi bordone nelle loro camorre, ed avendo pure ai loro cenni un'altra bordaglia di loro aderenti, punto non isgomentavansi dei momentanei rigori della giustizia, che mentre cadevano su l'uno o l'altro di essi, lasciavano il resto in piena balia delle loro estorsioni; e quindi, lungi di scemarsi, aggravavasi ogni dì maggiormente la baldanza de' loro animi, e con essa la violenza sulle altrui convenzioni.

»Il diritto di poter trafficare le proprie cose e patteggiare le altrui a seconda dei naturali risultati della libera concorrenza delle offerte e delle richieste non si è cominciato a godere veramente, nella Piazza degli Orefici, se non quel giorno in cui, con l'arresto di Mazzola e di Sangiovanni, vennero a sconcertarsi le trame misteriose delle loro camorre.»

VI. – Felice De Meo o Mele.

Arrestato il 23 marzo 1853 per furto violento a danno di Raffaeli e Maiorini, e per resistenza alla forza pubblica; imprigionato per tali reati il 23 settembre nel Bagno di Carmine; posto in libertà il 6 agosto 1855, si unisce al famoso ladro Nicandro Mancini, e dopo averlo aiutato in una lunga serie di furti, ripreso negli 11 ottobre 1856, figura come accusato nel famoso processo, in cui comparirono più di 30 malfattori, carichi di delitti di ogni specie. Assoluto, Dio sa come, e restituito alla libertà il 31 agosto 1858, è imprigionato di nuovo nell'anno seguente, il 3 agosto, convinto di vagabondaggio equivoco, durante la notte, e di ferite gravi a mano armata arrecate a sua suocera. Durante la rivoluzione esce dal Castel Capuano, si arruola fra i garibaldini, poi nella Guardia Mobile, ma anche allora, sotto la camicia rossa e la tunica turchina, si associa ad un altro celebre malfattore, Domenico Sola, e continua il suo mestiere di ladro. È un camorrista assai temuto: il suo ultimo arresto è stato festeggiato come una liberazione nel suo quartiere.

VII. Luigi Mazzola.

Denunziato come ladro fin dal 29 luglio 1844, assoluto, ma accusato dello stesso delitto il 7 marzo 1847; arrestato per la medesima causa e per la terza volta il 1 ottobre 1848, per la quarta il 17 giugno 1849, e come ladro incorreggibile inviato a Tremiti; ricondotto a Napoli dopo due anni di relegazione, ma dopo due mesi di libertà colto in flagrante delitto di furto qualificato; resistendo allora a mano armata (e con armi proibite) alla forza pubblica e condannato perciò a sei anni di relegazione: arrestato per la sesta volta il 27 maggio 1857 come ladro notturno, rilasciato dietro mallevadoria, sostenuto nuovamente il 17 gennaio di questo anno per detenzione di armi illecite e condannato a 28 mesi di carcere. Ahimè! non mi è possibile variare miei riassunti: essi si rassomigliano tutti: tali sono i tristi affiliati della setta.

GIUSEPPE SCOLA – PASQUALE LEGITTIMO detto Mozzone – LEOPOLDO MURAGLIA – ANTONIO CACCAVIELLO – NICCOLA ACCURSO – CIRO COZZOLINO – DOMENICO D'ONOFRIO detto Puzzolano – CARLO DILIKER detto lo Svizzarotto – FRANCESCO CERVONE – GAETANO E ALFONSO GIULIANO – FRANCESCO SERAPIGLIA – MICHELE ESPOSITO – LUIGI MILETTI detto Piede di Porco – FERDINANDO FARINA – PASQUALE ANNUNZIATA detto Cento denti – ALFONSO MAIETTA – PASQUALE ESPOSITO detto Cazzarola.

Ecco amici nostri antichi: noi li vedemmo all'opra e leggemmo le loro lettere nei capitoli II e III di questo libro. – Erano dessi che costituivano la società di Castel Capuano, dopo gli ultimi rigori e decretati contro di loro dal Gabinetto di Torino e dalla Questura di Napoli. Ecco pertanto un compendio biografico e morale della loro vita.

ANTONIO MORMILE, antico soldato, cacciato dall'armata per la sua condotta (1857), carcerato un anno dopo per falsità (9 giugno 1858), condannato ai ferri dalla Corte criminale di Napoli, liberato qualche tempo dopo, essendo stata cassata la sentenza per un difetto di forma, ma tosto ripreso a causa delle sue brutalità e delle sue estorsioni come camorrista, trovasi oggi alle Murate di Firenze.

ANTONIO CACCAVIELLO era stato condannato giovanissimo ancora all'ergastolo (1848) ossia alla pena più grave e a quella immediatamente inferiore alla morte. Nell'ergastolo stesso avea tirato il coltello, nuovo delitto, del quale era venuto a render conto innanzi i tribunali di Napoli. Imprigionato di nuovo nel 1861, evase violentemente; fu ripreso nel 18 maggio dell'anno corrente. Insomma, antico galeotto liberato, poi di nuovo condannato, poi evaso, per ultimo camorrista.

MICHELE ESPOSITO fu condannato tre volte per furto, nel 1855, nel 1857 e nel 1859; al suo terzo arresto ha resistito con coltello vietato alla forza pubblica.

PASQUALE LEGITTIMO, arrestato il 4 gennaio 1849 per furto violento, evase rompendo le inferriate della sua carcere; ripreso il 2 dicembre 1850, fu inviato nella prigione di Aversa; espiata la pena, fu di nuovo arrestato il 22 marzo 1860; liberato il 17 luglio fu riposto in prigione il 15 agosto 1861, come truffatore, ladro e camorrista.

FRANCESCO CERVONE cominciò coll'ergastolo alla pari del suo nobile compagno Caccaviello, evase violentemente, e da quel giorno sostenne una delle parti principali fra i settari. Fu egli che, imprigionato di nuovo il 3 agosto di questo anno, avea concepita, preparata e diretta la famosa evasione del 24 settembre, di cui menaron tanto rumore i giornali. Ognuno ricorda che 29 camorristi imprigionati a San Lazzaro aveano tentato di fuggire dall'apertura che conduce alle fogne di Napoli. Il complotto fu sventato dalla Guardia Nazionale, dai Carabinieri e dagli agenti della Questura, che non temerono di recarsi ad arrestare i fuggiaschi nella melma (ingentilisco la espressione) a traverso la quale speravano evadere.

DOMENICO D'ONOFRIO fu relegato a Ponza nel mese di agosto 1856, poi condannato al Presidio, d'onde era evaso, poi di nuovo arrestato il 5 novembre 1860 per tale evasione e per un omicidio.

CARLO ESPOSITO, detto il Marinariello, condannato per la prima volta nel 1846, è stato tre volte in galera e tre volte ne è evaso. Ricondotto per la quarta volta a Castel Capuano, è stato relegato a Tremiti.

PASQUALE ANNUNZIATA, detto Centodenti, ha subito già due condanne per furti qualificati, una nel 1847 a sei anni di reclusione, l'altra nel 1853 (subito dopo aver espiata la prima pena) a venti anni di ferri. Evase e riprese il suo duplice mestiere di ladro e camorrista. Fu di nuovo sostenuto in carcere il 3 gennaio.

Per desiderio di brevità nulla dico intorno agli altri non dissimili da questi. Qual più qual meno, sono tutti assassini e ladroni, e più spesso l'uno e l'altro insieme.

IX. – Pasquale Scarpati.

Qui pure chiedo licenza di citar testualmente il Rapporto della Questura.

«Era il satellite più baldanzoso della camorra nelle contrade di Portici, Resina, San Sebastiano e le altre circostanti. Guai a chi, rifiutandosi di soddisfare alle sue estorsioni, avesse da lui ricevuto il viso delle armi – il pugnale dell'assassino era già affilato a suo danno. Ed aveva quest'uomo a compagno delle sue scellerate avventure il contronotato Carmine Minieri ed un germano a nome Ferdinando, che gareggiava di ferocia con lui, quel medesimo che, avvilite le Guardie Nazionali del comune di San Sebastiano col terrore del suo nome, riusciva a farsi eleggere a capitano; e poi, indettato coi briganti, depredava l'abitazione dello infelice Miceli, e messosi alla testa di un'altra comitiva di malviventi, sequestrava sulla montagna di Somma un ricco negoziante di cuoi, a nome Cuocolo, estorquendogli per riscatto della sua persona la ingente somma di 12 mila ducati. Ora che questo insigne capitano è latitante, ed il fratello Pasquale in arresto, respirano in pace gli onesti abitanti di quei luoghi; ma molti ne emigrerebbero in lontane contrade il giorno in cui alcuno di quei due tornar potesse a desolare la sua terra natale.

»Oltrecciò si rivolga uno sguardo ai registri delle prigioni sul conto di Pasquale Scarpati, e se non bastano le concordi attestazioni dei suoi conterranei tuttora trepidanti del suo possibile ritorno, da quelli soli si avrà un'idea di ciò che possa ordire di malvagio l'animo di quest'uomo. Imperocchè nel 4 gennaio 1849 egli era imputato di ferite con sfregio in persona di tale Antonio Abruzzese, e dichiaravasene la competenza correzionale. A' 12 luglio 1850, per aver inveito con eguali violenze, ed impugnando un'arma insidiosa a danno di Maria Savarese, veniva sottoposto ad un secondo giudizio. Liberato dalle prigioni per essersi anche in quel fatto dichiarato dalla Gran Corte la competenza correzionale, tre mesi dopo, il 27 novembre dello stesso anno 1850, era imputato di mancato omicidio e condannato a due anni di carcere.

»Espiata questa pena, e per nulla corretto delle sue triste passioni, anzi più baldo della trepidanza dei suoi conterranei a stare a petto con lui, si diè a man franca a scorrere la campagna devastando le proprietà, aggredendo i viandanti, svaligiando le vetture e facendo per più tempo su' suoi passi affaticare gli agenti della forza pubblica fino al principio del 1857. Allora per vari furti qualificati da lui consumati con pubblica violenza a danno di Vincenzo Russo ed altri, gli si infligge la condanna di 19 anni di ferri: ma mentre è avviato, insieme ad altri due ribaldi, al bagno di Brindisi, ha il coraggio per istrada di spezzare le sue manette, di aggredire e disarmare i gendarmi che lo scortavano, e ricomparire al flagello di quelle infelici contrade.

»Non pertanto questo spietato camorrista, alla cui malvagità, non ha la nostra lingua un epiteto adeguato, quest'uomo, di cui ogni giorno di libertà era segnalato da un delitto, avendo dei protettori dalle assise ricamate fin nelle aule di Corte, trovò clemente ai suoi falli l'animo de' Borboni, i quali, gettando in oblio i rubamenti e gli eccidi e le sue immani ribellioni contro gli stessi agenti della pubblica potestà, gli commutarono la pena di ferri in una villeggiatura nell'isola d'Ischia.

»Sopraggiunta l'estate del 1860, che dovea dunque accadere di quest'uomo quando venne a risuonargli alle orecchie la squilla della patria redenzione? La rallentata vigilanza dell'isola ed il fervore generale di politici affetti era il momento più propizio alle sue depredazioni e, fuggendo senza ostacolo, ritorna a percorrere armata mano le campagne della sua patria associato ad una comitiva di malfattori; sicchè, come fuggitivo del luogo di pena ed imputato di associazione in banda armata, egli era intestato alla dipendenza del potere giudiziario, quel giorno in cui fu dato agli agenti della forza pubblica di assicurarlo di bel nuovo in arresto.»

X. – Giovanni Pardi,

NICCOLA FRASCA, alias Saponariello – MICHELE GALLO.

Questo Giovanni Pardi era il gran truffatore del mercato di San Carlo all'Arena, ove sottoponeva a tasse i venditori di frutti e legumi. Si cita un aneddoto di lui (ma senza prova legale): egli viveva in sì buone relazioni coi malfattori del suo quartiere, che si incaricava di ritrovare gli oggetti derubati, mediante una ricompensa adeguata. Ma vi hanno contro di lui precedenti più gravi. Altra volta fu condannato alle galere per furto violento, e arrestato recentemente, come facente parte di una società di malfattori. Fu sostenuto qualche tempo in prigione, poi fu inviato ad Aversa, nella speranza che l'allontanamento da Napoli avrebbe bastato a correggerlo; ma appena libero si diè più che prima in braccio alle rapine, alle estorsioni e al contrabbando. Fu mestieri arrestarlo di nuovo, e dall'11 di settembre è sempre imprigionato.

I suoi compagni Michele Gallo o Gatto e Niccola Frasca sono stati carcerati, il primo quattro volte per furti, aggressioni, evasione violenta, estorsioni della camorra; il secondo sette volte come matamoro, spadaccino, biscazziere, baratore di carte, vagabondo, ladro, omicida ec.; fra le alte sue imprese ebbe parte ad una rissa sanguinosa fra certi camorristi che si scoltellarono sulla piazza della Pigna Secca il dì 11 gennaio 1858.

XI. – Vari gruppi di camorristi.

Per desiderio di brevità, riunisco sotto questo titolo i malfattori esercitanti industrie diverse, e rinunzio a narrare particolarmente i precedenti di ognuno per non abusare della pazienza del lettore. Mi basti di affermare che tutti, senza eccezione, subirono molte condanne per furti, frodi, assassinii o delitti congeneri. Dico tutti, senza eccezione.

Mi limito dunque alle specialità che li distinguono.

Vincenzo D'Ascoli e Pasquale Esposito, per esempio, borsaioli e camorristi, rubavano i fazzoletti in piazza del Castello e ponevano taglie ai giocatori nel caffè del Sebeto. Pasquale Canino e il celebre Centrella (che ancora non si è potuto arrestare) prediligevano il delitto in grande, cioè il furto a mano armata. Altri, come Biagio D'Elia, Ignazio Flaminio, Ignazio Mosella, Gaetano Castronuovo, Luigi Riccio, Francesco Cuomo, Vincenzo Totiro, tutta una banda come si vede, stavano sul Ponte della Maddalena, all'ingresso di Napoli; e là, durante il giorno, esigevano la camorra dai conduttori di carrette e dai mercanti di commestibili: poi nella notte aggredivano le carrozze e svaligiavano i passeggeri. Uno di essi, Francesco Cuomo, si gettò con tal violenza sopra una carrozza che era in ritardo, che cadde sotto le ruote, e vi si ruppe un braccio; è rimasto monco per tutta la vita.

Un altro gruppo è quello de' camorristi politici, e naturalmente borbonici. Per un momento, nel 1860, si atteggiarono a liberali, sperando la libertà di fare il male, ma accortisi che il nuovo regime era loro più molesto dell'antico, divennero partigiani di Francesco II e del Santo Padre. Tale è Carmine Schiano, che recentemente divertivasi per conto della reazione a incendiar delle bombe per le vie. Tale Luigi Curci, che condannato sotto l'antico regime a 15 anni di ferri, avea alleggerito la sua catena e abbreviato la sua pena, facendo al Bagno la spia della polizia e il tormentatore de' liberali. Divenne così capo di squadra e come molti altri disparve poi nel 1860, e ricominciò il suo mestiere di ladro e di assassino, fino a che nel 16 settembre dell'anno corrente fu nuovamente arrestato. Tale fu ancora quel Raffaello Esposito, che colpevole di sette delitti commessi fra il 1843 e il 1848; furti, ferimenti, incendio del commissariato di San Giuseppe, saccheggio, omicidio, nonostante fu assoluto quasi sempre dalla clemenza del sovrano, cui questo malandrino volgare rendeva costantemente de' piccoli servigi politici. Ma togliamoci da questa feccia, che è troppo schifosa!

XII. – Giambattista De Falco detto l'Abbarcatore.

Questi merita un articolo a parte: è il contrabbandiere di Fuorgrotta; da Napoli a Pozzuoli tutti lo conoscevano, tutti gli facevano di cappello: i doganieri si lasciavano disarmare da lui. Era il padrone del paese.

Carcerato dal 1855 al 1859, avea esteso il suo commercio allo spirar della sua pena, e non contento di esser contrabbandiere s'era fatto ladro. Gli si attribuiscono i principali furti commessi nel 1860, ne' dintorni di Portici. Si nascose lungamente, fino alla rivoluzione; poi ricomparve alle barriere e si pose di nuovo al contrabbando; tornò in prigione, ne uscì per rubare e fare il brigante sempre più; disparve di nuovo alla pubblicazione dell'ultimo editto contro i camorristi e fu ripreso l'8 settembre e imbarcato il 19 per Tremiti.

XIII. – Altri gruppi di camorristi.

Pasquale Santucci e Gennaro Lippiello (il primo, soprannominato Abellino) esercitavano la camorra nel quartiere Avvocata, e il brigantaggio durante la notte nel corso Vittorio Emanuele, larga via che circonda Napoli. L'uno e l'altro erano antichi malfattori; più volte carcerati per furto e contrabbando.

Altri più pericolosi ancora: il muratore Antonio Som mella, il cocchiere Michele del Giudice, il calzolaio Gaetano Nardiello, il negoziante Giovanni Esposito, detto Angresino (Inglesino?) formavano una vera banda di briganti. Il loro ricettacolo era una casa isolata nelle vicinanze di San Giovanni a Teduccio. Di là si gettavano la sera sulla città, ove commettevano furti con scasso di un'audacia inaudita. Attaccavano le botteghe e le case a mano armata. Del resto erano tutti già condannati della giustizia: uno (Sommella) arrestato cinque volte; sei o sette volte Del Giudice, uno fra i più violenti e più furbi; quattro volte Nardiello, il quale era due volte evaso dal bagno; l'Angresino poi era un ladro emerito; lavorava, sotto Ferdinando, nelle chiese, e ne furava i vasi sacri; inoltre era falsario, fabbricatore di congedi militari e di biglietti di banca, e per ultimo camorrista. È ora a Firenze alle Murate.

Mi limito a nominare ancora due ladri incorreggibili: Vito Manzi e Luigi Garofalo, per non ripeter sempre gli stessi fatti. L'ultimo dopo il 1858 è stato processato cinque volte: il primo dieci dal 1847 in poi.

Coloro che vengono dopo nel processo della Questura sono Giovanni Cicala di Napoli, Leopoldo Musco di Benevento e Gennaro d'Andrea di Graziano. Costoro meritano una speciale menzione: copio l'articolo che li riguarda.

XIV. – Giovanni Cicala – Leopoldo Musco

Gennaro d'Andrea.

«Non è alcuno certamente a cui non si stringa tuttavia il cuore dallo spavento nel ricordare quella comitiva di ladri che sullo scorcio dell'inverno del passato anno soleva mettere a ruba le private abitazioni, procacciandosene l'ingresso sotto sembiante di essere agenti della forza pubblica. Cosi fu saccheggiata la casa del conte Vargas, a Portici – così quella di Monsignore***: così l'altra di Canosa, già capo di Ripartimento dell'antica Prefettura di Polizia. – Que' scellerati camuffavansi d'ordinario colla divisa di Guardie Nazionali, mettendosi alla loro testa alcuno in borghese che figurava da Delegato di Questura, e toglievano di mira alle loro insidie chi per politici antecedenti era da aspettarsi che non avrebbe fatta la minima resistenza a disserrare la propria dimora a' funzionari di Pubblica Sicurezza. Di quella schiera di ladri e camorristi erano appunto i tre individui dinotati qui al margine.

»Il Leopoldo Musco, riconosciuto fra i suoi consorti col soprannome di Tenente, e che soleva affettare nella sua voce una inflessione forestiera, era colui che più di frequente capitanava quell'orda di malfattori spacciandosi per un Delegato di Pubblica Sicurezza, e due solenni rivelazioni che trovansi agli atti giudiziari del furto commesso a danno del gioielliere di Toledo, signor De Francesco, fanno fede e della organizzazione di simile comitiva e della parte che vi prendevano gl'individui anzi detti.

»E questi uomini, forse, ebbero ansa allo ardimento delle loro intraprese per le nuove condizioni del politico reggimento di queste Provincie, o non erano invece già veterani al delitto sotto il passato governo? Leopoldo Musco, profugo di sua patria (Benevento), ove non avrebbe più avuto libero campo alle sue rapaci passioni, osò di traforarsi nell'esercito garibaldino per qui ritentare le sue ree avventure con la speranza che l'avere indossato il giubbetto rosso avrebbe rimosso dalla sua persona gli sguardi della Polizia. – Gennaro d'Andrea era un galeotto che avea già espiata una lunga pena di ferri per imputazione di furti, e di furti aggravati delle più turpi qualifiche – e Giovanni Cicala, oltre all'essere da più tempo in fama di camorrista, avea già chiuso a segno il suo animo ad ogni sentimento di soggezione alle leggi e di rispetto agli altrui diritti, che a' 16 aprile del 1860 veniva denunziato al potere giudiziario per furto qualificato da violenza commesso a danno di Giuseppe Tedeschi. Agli otto giugno dello scorso anno sottraevasi impetuosamente dalle mani della forza pubblica in quella che era scortato alla presenza di un pubblico funzionario, e postosi in latitanza, si rendeva complice di un omicidio e di varie falsificazioni di polizze bancali, e trovavasi sulle spalle quest'altra imputazione quando veniva riassicurato in potere della giustizia, e le esigenze della pubblica sicurezza imponevano alla Questura di spedirlo in carcere con la dichiarazione che in caso di qualunque pronunziazione di libertà del magistrato penale doveva il Cicala a lei rinviarsi per gli ulteriori provvedimenti da adottarsi a suo carico nello interesse della pubblica quiete e della tutela della proprietà de' cittadini.»

XV. – Giuseppe e Giosuè Gallucci.

Anche rispetto a questi copio il processo della Questura.

«I fratelli Gallucci sono in voce del pubblico come i più sfidati di quella combriccola di raggiratori camorristi che andavano sorprendendo la buona fede e la tranquillità dei proprietari di campagna per impossessarsi delle loro partite di vino, e quindi, con pretesti di ogni specie, seguiti ben tosto da minacce e da violenze, si rifiutavano a soddisfarli. La simulata qualità di trafficante di vini era il mezzo d'introduzione ne' luoghi altrui di deposito di vini, e colla intimazione della loro prontezza di mano, e delle pericolose attinenze del loro sodalizio camorristico, si compiva spacciatamente il distorno delle ricevute mercanzie. Nè le minacce si rimanevano a semplici parole, quando alcuno non avesse voluto persuadersi della saldezza del loro proposito a voler fare danaro distornando l'altrui; ma spesso è accaduto che i poveri fattori, nel presentarsi a riscuotere il prezzo del vino ne hanno invece riportate bastonate e violenze tali, da far loro abbandonare ogni ulteriore pretensione dello adempimento dei propri diritti.

»Per portare al loro ultimo termine siffatte soverchierie non si aveva ritegno d'incutere timore e agli avvocati che difendevano i loro creditori, e agli uscieri che si ardivano intimare gli atti giudiziari, e agli stessi agenti della forza pubblica che accingevansi a garantire il corso della giustizia; e l'archivio della Questura è sì ripieno di reclami di probi negozianti, ai quali per vie di fatto si era imposto di non arrecare alcuna molestia ai fratelli Gallucci, se preferivano la vita alla riscossione dei loro crediti.

»Pronti a dar mano ai coltelli, onde mantenere la impressione della loro prepotenza nell'animo de' timidi coloni dei dintorni della città, essi Giuseppe e Giosuè Gallucci appartenevano alla classe de' camorristi accoltellatori e più corrivi alle mani; ond'è che il loro arresto ha tutelata la proprietà di molti coloni ed ha messo a sbaraglio la suddetta comitiva di truffatori, i quali possedevano in grado eminente la qualità di camorristi, cioè l'audacia di attentare alla roba altrui, e d'impedire agli altri il libero esercizio dei propri diritti, credendo che ogni altro principio di autorità e di giustizia dovesse inchinarsi alla forza delle loro cupidigie.»

XVI. – Gaetano Zonoli – Pasquale Paturgo

Domenico Donnaperna.

Questi forse erano i più pericolosi di tutti. Abili a fabbricare chiavi false, per aprire i ricchi magazzini d'onde uscivano con gran bottino senza far rumore: durante il giorno occupati a un lavoro in apparenza onesto, in grado di provare mezzi di sussistenza e la più alta moralità e anche una certa educazione, ben vestiti, ben circondati, irreprovevoli, ma ladri sfrontati. Studiavano le case, prendevano l'impronta delle serrature, entravano di notte in un appartamento e lo svaligiavano in un batter d' occhio. I vicini nulla avevano visto, tranne gente di buon'apparenza che andava e veniva.

Vuolsi conoscere uno de' misfatti commessi da questi terribili malfattori? L'anno scorso, nel mese di novembre, volevano saccheggiare il magazzino di dorature di un certo De Francesco, in via Toledo. Che fecero? Montarono al piano superiore, in casa di Tesorone, negoziante conosciutissimo. Coll'aiuto di una chiave falsa, penetrarono nell'appartamento di questo galantuomo, d'onde scesero nella bottega, praticando un'apertura nell'impiantito con una sbarra di ferro. La mattina, senza che alcuno si fosse accorto di questa impudente estrazione, la bottega era vuotata. Si sospettò che il portiere della casa avesse fatto il colpo, e il pover uomo, che ne era innocentissimo, dovè subire una lunga detenzione. Egli avea veduto gente ben vestita salire e discendere colla maggior franchezza: ora a Napoli i portieri non fermano mai le persone ben vestite.

Il colpevole era Zoboli con i suoi affiliati. Operando una perquisizione presso questo impudente camorrista, si trovarono fra mille spoglie alcuni gioielli e altri oggetti provenienti da un furto commesso nel maggio 1861, a pregiudizio di un imbecille, che meriterebbe di esser nominato. Questo vigliacco, temendo Zoboli, che alla sua volta temeva la giustizia, aveva consentito a trattare con lui e gli avea venduto il segreto al prezzo di duecento ducati, che il ladro pagava al derubato di mese in mese a piccoli acconti, e che era per saldare nel mese di settembre. Questa transazione fra il malfattore e la sua vittima è una delle specie più singolari di camorra, che si possano immaginare.

«Aggiungeremo pure (dice il processo della Questura) che nell'inverno del 1861, Zoboli coi suoi compagni si fece a spogliare di notte tempo la casa di un Francesco Pastore traendo partita della costui assenza da Napoli: e poi, avuto sentore che il proprietario era sulle mosse di denunziarlo alla giustizia, gli si porse spontaneo innanzi, spacciandosi consapevole del furto e capace di ricuperargli gli oggetti involati, se si fosse avuto la cautela di non muoverne scalpore, e così, posto in iscena l'uno dei suoi compagni, l'anzidetto Gabriele Cottone, fece che da costui si rilasciasse a Pastore, in assoluzione del reato, una cambiale che non fu mai estinta.»

Potrei citare altre imprese simili di questa banda; ma non amo i grossi volumi e le interminabili ripetizioni. Lascio dunque questi ladri e il loro emulo, il famoso cocchiere Francesco Paesano, bellissimo uomo, di gentil portamento e di amabili maniere, che derubava elegantemente le botteghe degli orafi, e che una notte aggredì una villa di Posilipo, ove fu ricevuto a colpi di fucile. Ritorno al contrabbando e trascrivo il curioso articolo seguente dal noto processo.

XVII. – Carlo Borrelli,

LUCIANO LA GATTA – PASQUALE PALUMBO – PASQUALE DE FELICE – LUIGI RUSSO
– FRANCESCO RICCIO.

«Come il camorrista Giambattista di Falco infestava coi suoi consorti le linee doganali di Fuorgrotta e Posilipo, Carlo Borrelli, alla testa di un'altra comitiva somigliante, metteva a sbaraglio le pubbliche entrate dello Stato al Ponte della Maddalena e le campagne circostanti. I meno audaci dei suoi complici erano adoperati al trasporto clandestino della carne macellata con grave detrimento, più che dei dazi, della pubblica salute, e quelli che alla rapacità congiungevano ferocia d'istinti e prontezza di mano, tra i quali figuravano sopratutto i sopranotati, davansi a proteggere a mano armata, ed a veduta degli stessi agenti doganali, i loro contrabbandi. E di quali eccessi, di quale baldanza fossero capaci, lo dica il modo veemente con cui l'amministrazione dei dazi indiretti facevasi a provocarne lo arresto, se non volevasi lo sperpero totale delle pubbliche imposte su' generi di consumo.

– «Vi ha una mano di facinorosi» – così scriveva il direttore de' dazi indiretti nel luglio dello scorso anno (ed in cima a tutti segnava i nomi di Carlo Borrelli, alias Aferola, e di Pasquale Palumbo) – «vi ha una mano di facinorosi che da lunga pezza non esercita altro mestiere che di far contrabbando di generi soggetti a dazi di consumo; e quando con astuzie, e più spesso con aperta violenza infesta ed assale i posti doganali. Di costoro il più forte nucleo ed il più pernicioso ha messo stanza in sulla linea del Ponte della Maddalena; e là, dal prossimo villaggio di Pazzigni, irrompe a viva forza, sicchè quando non arriva a subornare la non troppo salda virtù degli agenti doganali, va oltre con le armi e con le vie di fatto. – Ella ben comprende che con codesta genìa di malfattori non torna sempre conto di venire alle mani, e sono troppo recenti i terribili effetti dei loro delitti alle barriere, perchè non possa pretendersi che gli agenti doganali abbiano a stare tutte le notti in guardia ed accorrere volenterosi a respingere la forza con la forza» –

. . . .

»Forse, in leggendo questa corrispondenza della Questura con l'Amministrazione dei dazi indiretti, avrà fatto impressione a taluno la mitezza delle parole con cui il direttore di quest'Amministrazione entra a ragionare della poco salda virtù de' suoi doganieri e della loro insufficienza a resistere agli autori de' contrabbandi. Ma ogni ombra di stupore cesserà quando vedrassi che il 6 settembre 1860, un commesso doganale a nome Zito, per essersi animosamente slanciato ad impedire un contrabbando che operavasi da Carlo Borrelli con la sua comitiva, non aveva fatto altro che lasciarvi la vita – e quei feroci avean pure menato a effetto il loro trasporto; – quando udrassi che altra volta, in sul principio dello scorso anno, i componenti di questa baldanzosa combriccola, capitanata da Borrelli, erano venuti a zuffa tra loro per dissidi insorti sulla somma a dividersi dei loro turpi emolumenti, e l'uno di essi era rimasto cadavere sul terreno; – quando udrassi che Carlo Borrelli fa parte di un lungo parentado di oltre a nove individui stretti insieme con vincoli di sangue, quale domiciliato a Pazzigni, e quale a Sant'Anastasia, e tutti concordi a tenersi bordone delle loro criminose avventure, le quali non sono soltanto di aggirarsi pei contrabbandi e sulle barriere doganali, ma sono ancora di grassazioni, di furti, e di ogni specie di grassazioni violente.» – Seguono i precedenti di questi singolari malfattori, arrestati varie volte per delitti diversi. L'articolo, che li concerne, chiude con queste parole:

«Così, senza esercitare le proprie forze su di alcuna onesta industria, senza mai aver versato una goccia di sudore per accrescere la coltura di un palmo di terra, i fratelli Borrelli han potuto far pompa a petto de' loro conterranei di agi di vita del tutto superiori alle loro condizioni sociali, ed il De Felice raggrumolare dai risparmi delle sue segrete intraprese il valore di una proprietà di trenta mila ducati. – Per uomini siffatti, insofferenti di ogni freno di legge, adusati a soverchiare tutti con la loro audacia, fossero pur rivestiti delle insegne della pubblica potestà, e congiurati a non vivere altrimenti che di contrabbando e di delitti, chi sarà dei nostri concittadini che alzerà la voce a tassare d'ingiustizia una disposizione che li rimuove da Napoli, e li strappa dal centro delle loro criminose ed incorreggibili attinenze?»

XVIII. – Raffaelle Carrera detto il Lucianello.

È un vero tipo di camorrista, non de' peggiori, ma de' più strani. Passo sopra alla vita anteatta prima e dopo alla rivoluzione, ai suoi furti alla Darsena, ov'era apparentemente impiegato, perchè non vi passava che un'ora o due nel mattino (e i suoi superiori non lo denunziavano, perchè lo sapean circondato di picciotti di sgarro, che forse avrebber loro fatto qualche brutto scherzo) – alla sua espulsione da questo stabilimento per un furto impudente, che avea tentato di commettervi, alle sue industrie diverse, ne' luoghi peggiori della città. Ma voglio accennare però ad un nuovo genere di camorra, alle estorsioni cioè che esercitò nelle manifatture dei tabacchi, d'accordo con certi padroni a servizio degli operai. A questi sciagurati avea imposto un tributo di un carlino o due per settimana, sotto pena di diminuzione del numero delle foglie che loro si distribuivano per manifatturarle. Nel tempo istesso rubava il tabacco all'amministrazione, e lo faceva manipolare in casa clandestinamente. Fu sorpreso il 5 agosto 1861, mentre stava praticando una buca nel muro per avere ingresso nella manifattura reale e rubare i sigari. Chiese agli agenti che lo arrestavano la libertà, offrendo loro un onesto compensodi 200 ducati.

XIX. – Et cætera et cætera.

E qui finisco, sebbene la mia rassegna sia tutt'altro che compiuta. Mi contento di nominare Giuseppe Arena, Vincenzo Aitolla, Gaetano Canelli, Salvatore Ascione, Gennaro Pesce, Mariano Amato,

Vincenzo Mazzarella, Domenico Fogliano, carico di delitti e di condanne, Filomene Mormone, detto il Santillo, Gennaro Fasano, Gennaro Scafa, detto il Muto, Gaetano di Giacomo, ladri ostinati della marina e camorristi violenti, che praticavano estorsioni e imponevano taglie ai vetturali prima, poi ai fabbricanti di terra cotta e di maioliche, industria di un quartiere plebeo di Napoli, e per ultimo Antonio Mariano, Gaetano Gambardella, Raffaelle Mele detto Mollicone, e quel famoso Pecoraro, che regnava al mercato, ove commetteva apertamente e impunemente, sotto il pretesto della camorra, furti pubblici con una sfrontatezza, audacia e violenza incredibile. Mi urge di trarre la mia conclusione, e concludo con cifre officiali.

Nell'ottobre 1861 erano avvenuti in Napoli. tutto compreso 292 delitti diversi. Nell'ottobre del 1862, dopo i provvedimenti adottati contro la camorra, ne sono stati commessi soltanto, del pari tutto compreso, 160.

Nell'ottobre 1861, il dazio consumo avea fruttato a Napoli la somma di 45,604 ducati e 82 grani. — Nell'ottobre 1862, ha reso 68,216 ducati e 22 grani; cioè, attesa la diminuzione delle tariffe, più del doppio.

Per ultimo, dopo la abolizione dei botteghini fraudolenti e clandestini, il lotto nel mese d'ottobre 1862, nella sola città di Napoli, ha fruttato all'erario la cifra enorme di 544,831 ducati e 25 grani.

Nulla aggiungo. L'eloquenza delle cifre dev'essere da ognuno rispettata!